我
思

THE THREE ESCAPES OF HANNAH ARENDT

汉娜·阿伦特的三次逃离

广西师范大学出版社
GUANGXI NORMAL UNIVERSITY PRESS

·桂林·

［美］肯·克里姆斯坦（KEN KRIMSTEIN）著、绘

刘楠楠 译

汉娜·阿伦特的三次逃离
HANNA ALUNTE DE SANCI TAOLI

丛书策划：吴晓妮@我思 Cogito
项目统筹：范荧莹
责任编辑：韩亚平
责任技编：王增元
装帧设计：SOBERswing

图书在版编目（CIP）数据

汉娜·阿伦特的三次逃离 /（美）肯·克里姆斯坦著、绘；
刘楠楠译. —— 桂林：广西师范大学出版社，2025.6. —— ISBN
978-7-5598-8129-8

Ⅰ. Ⅰ712.45
中国国家版本馆 CIP 数据核字第 2025XX5052 号

广西师范大学出版社出版发行
　广西桂林市五里店路 9 号　邮政编码：541004
　网址：http://www.bbtpress.com
出版人：黄轩庄
全国新华书店经销
山东韵杰文化科技有限公司印刷
　山东省淄博市桓台县桓台大道西首　邮政编码：256401
开本：787 mm × 1 092 mm　1 / 16
印张：15.25　　字数：87 千
2025 年 6 月第 1 版　　2025 年 6 月第 1 次印刷
定价：128.00 元
如发现印装质量问题，影响阅读，请与出版社发行部门联系调换。

致中文读者

我被汉娜·阿伦特吸引，纯粹源于好奇。我对哲学略知一二，本科主修历史，但我的导师、著名漫画家萨姆·格罗斯的一番话点醒了我，他说："肯，你是个漫画家——漫画家博古通今，洞悉一切！"这句话鞭策着我，让我始终保持好奇心，潜心研究。

我对阿伦特的好奇心，首先来自她提出的"平庸的恶"，这个词一直困扰着我。我想弄明白，一位跻身20世纪最伟大哲学家行列的人，为何遽然背弃哲学实践；我想知道，这样一位理性的思想家，如何会被"笔迹分析"这种神秘科学所迷惑；我想知道，哲学家如何如艺术家般创造性地工作，她/他们的生活如何推动她/他们的思考；或许，最重要的是，我想让她的思想在普通读者中产生共鸣。也许你认为我疯了，但我相信，哲学应当在日常生活中为普通人所用。所以，我学习、阅读、下笔、思考、修改、重新下笔。我很幸运，因为我能够使用图像和文字两种媒介，并让它们合二为一——这正是我理解世界的方式。恕我冒昧，我认为，这也是你理解世界的方式。

所以，欢迎来到汉娜的图文世界！

肯·克里姆斯坦

2024 年 12 月 3 日

目　录

献给我的父亲，乔丹·"乔迪"·克里姆斯坦

作者按

我大致可以保证，本书中出现的
时间地点与书中人物的真实经历
基本吻合。

别盲从领袖，
瞅瞅停车计时器。

——鲍勃·迪伦
《地下乡愁布鲁斯》

人啊，人
人生序章

操之过急，愤世嫉俗。

太睿智，太愚笨。

太诚实，太自命不凡。

太犹太，不够犹太。

太有爱，太有恨。

太像男人，不够男人。

接下来的故事

将要讲述一个名叫

汉娜·阿伦特的女性。

她生于一个失落的世界，迷惘的国度，

一个不同于现在的时代。

她是流亡思想者、哲学家，

她的名字，你或许听说过。

故事的末尾（还有开头）

留给我们一个问号：

为何这位或许可以被称为

20 世纪最了不起

哲学家的女性，

背弃了哲学？

纵然如此，

她的思想能否为人类前行

指出一条

可行之路？

童年的悲伤

东普鲁士

柯尼斯堡, 1912 年

我的世界里除了妈妈、爸爸、爷爷、音乐、鸟儿、游戏、图画、玩具、饼干、颜色、光影、声音、触摸，还有那些美妙的故事，它们像美食一样令我垂涎！假如我心仪某样东西，喜欢上它，我就一定要把它弄明白。如果我弄不明白，那么，它们越神奇，我就越发感到美妙。比方说，第一次听妈妈弹莫扎特的 时候，它美极了。然后，它把墙融化了，它反复连续，浑 然一体，完美地照亮了一扇美丽的窗，光束将一道彩虹射 向另一面墙，那是欢快舞动的光芒。"还要听！还要听！" 我叫嚷着。然后，像变戏法一样，妈妈让莫扎特复活了。只是可 怜的爸爸……他又去医院了，明天才回来。住院的时候，他的病房有时洁白敞亮，花香扑鼻；有时阴暗灰冷，爸爸在里面套着油腻的帆布外套，系着锁链，满头大汗。怎么会这样？我知道答案一定就藏在外面那个精彩的世界里。我知道。

我五岁。这些老街四百岁。我从学校蹦跳着回家。我很快乐。

除非突然冒出一辆先进的"汽车机器"，朝我按喇叭。

* 这是一首童谣，意为走路若踩到石板间的裂缝上，会带来厄运。译注。

伊曼努尔·康德*走在恺撒大街上时，马儿也朝他嘶叫吗？他和我一样，也来自柯尼斯堡。

真理　　　　伦理　　　　历史

判断力　　　　　　　为什么？

"绝对律令"　　　　　　艺术

嘿，康德，别做白日梦了！

康德那个疯子总在胡思乱想。

思考有啥用？小鸡才重要！

也许马儿真朝他嘶叫过。不过我得回家了，妈妈做好了热可可等着我呢。

踩到石缝上，爸爸要绊倒！

* 伊曼努尔·康德（Immanuel Kant，1724—1804），德国哲学家，来自柯尼斯堡，其著作大致奠定了西方现代哲学的基础。他将人的心智置于所有经验的中心。

我的思绪被汉斯打断了，他是我同学。他今天很古怪。

我一路跑回家，心里念着正在等我的妈妈。

爸妈真好。就连那些好玩的游行，他们也带我去参加。今晚好像就有一场。

妈妈有一个日记本叫"我们的孩子"，她在里面记录我的成长。

我的汉娜什卡
我的
阳光天使

为了能偷看，我迫不及待要多识字。可惜我今天没什么心情，我很难过。

妈妈，然后汉斯开始大喊"犹太人犹太人犹太人犹太人犹太人"。

妈妈，犹太人是什么？

是的，我们就是犹太人。犹太教是一种宗教信仰，就像路德教派一样。

怎么回事？我们又不去犹太教堂。

妈妈，当犹太人好吗？可是汉斯说……

汉娜，记住了，如果有人对你说出这种话，挺起你的胸膛。

一个人如果因为犹太身份遭到攻击，这个人必须以犹太方式自卫。

好了，去写作业吧。

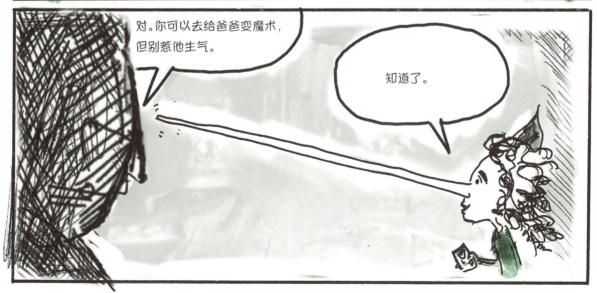

我听见大人们不停嘀咕一个生词。

所以，当然啦，我跑去图书馆，爬上书架，找到那本大厚词典，查了起来。

麻痹性痴呆：
由性行为引起的梅毒第三期致命阶段，症状包括精神错乱。

然后有一天，爸爸没了。

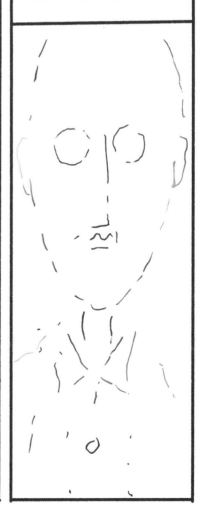

我知道妈妈不知道该如何跟我讲。

但我什么都知道。我知道死是什么，知道爸爸死于什么，梅毒和性病。

假如有一天，妈妈告诉我爸爸的事，我会假装不知道，这样她会好受些。

没错，妈妈，爸爸死于性病，这让人不好受。可这也是事实啊，我们要往前看。

除了活下去，我们别无选择。

所以……

你能帮我从书架上把爸爸收藏的几本康德的书取下来吗？

他是世界上最有智慧的人。

如果我把他写的东西全部读下来，即使再难，我也能找到答案：为什么会有爸爸死了和汉斯吼我这种事。

哦，对了，妈妈，还有一个问题。

性是什么？

14 岁之前，我读完了康德写过的所有的书。但我还是没能找到答案。于是，我想，不如把康德读过的书也都读一遍。

所以，虽然很难，我还是自学了古希腊语。我痴迷于古希腊悲剧，它们让我心有所感——实际上让我感觉与众不同。那是真正的悲伤。所以，我做了一件每个青少年都会做的事。我组建了一个古希腊悲剧社。

女士们，先生们，欢迎来到柯尼斯堡青年雅典悲剧社！今天，我们将向大家隆重推出索福克勒斯*的《俄狄浦斯王》。

剧中所有角色均由汉娜·阿伦特小姐用古希腊语演出，

除了汉斯**，他会在剧中死去。

玛莎，服装太可爱了！

漂亮极了。

哦，没什么，只是些旧床单而已。

* 索福克勒斯（约公元前 497—前 406），被誉为史上最伟大的悲剧作家。而真正的悲剧是，他一生写下 120 余部作品，流传下来的仅有 7 部。
** 剧团里除了我，只有汉斯一人（没错，我们和好了）。他之所以加入，是因为我告诉他会有很多打打杀杀，而他只要装死就行。但我觉得，他加入的真正原因，是喜欢我。

我迷恋虚构的悲剧，而我的现实生活则糟透了。首先，大人们以为，我可能会遗传爸爸的病，染上梅毒，尽管我没有性生活。所以，她们让我打了一大堆针。

其次，战争爆发了，就在我家门口（和上空）。

哦，更绝的是，我的身体完全失控。我又丑，又满脸疙瘩，我一会儿变胖，一会儿变瘦，一会儿膨胀，一会儿伸长。每一面镜子和橱窗玻璃都成了游乐园里的哈哈镜。

我猜青春期少女都会这样。可是，青春期少女都会因为对老师的愚蠢感到不满而组织罢课，然后被学校开除吗？我会。

滚！

滚！

滚！

滚！

汉娜什卡，对于他们来说，你太优秀了。

我知道。

谁知到了16岁，真的像变魔术一样，我满身的疙瘩和痘痘神奇地不见了。我破茧而出。

顺便一提，在这期间，多亏汉斯，我懂得了性是何物。

再来一次吧。我爸妈马上就回来了。

还有一页。

你干吗天天捧着那些书看？

因为我想弄明白一切。

你不想吗，汉斯？

不，汉娜，我不想弄明白一切。我只想弄明白你身体的全部。

大家总是搞不懂。他们以为我是个呆子（只有妈妈不这么想）。不过，说实话，也许我的确很蠢。有一件事，你可能不知道：为了变聪明，我比任何人下的功夫都多。

大多数人五分钟就能"弄清楚"的事情，我要花上五个小时。我需要一想再想。我付出如此多的时间和精力，是因为我需要想透彻。需要理解。但是没有人注意到我有多努力。没有人。他们只看到我像人们说的那么聪明，然后就开始嫉妒我。但你猜怎么着？他们一开口就证明完全没脑子。抱歉，不少人是彻头彻尾的白痴，包括那些把我赶出学校的老师。尤其是他们。

妈妈再婚，于是，我新添了一个继父和几个继姐妹，生活也有了起色。尽管如此，17 岁那年，我感到柯尼斯堡再也容不下我。

我要上大学。我足够聪明。

妈妈和继父比尔瓦德都支持我。（他从不反对。）

我赞成。你怎么看，比尔瓦德？

玛莎，你说什么，我都赞成。

有一则消息在全德国的高中学霸中间传得沸沸扬扬，说是在有着 400 年历史的马堡大学，不同寻常的事情正在发生。

那里有一个疯狂的年轻教授，他让思想活了。

他无所不知。

他上课不用讲稿。

他滑雪去课堂。

他长得像鲁道夫·瓦伦蒂诺*。

他教什么？

---

* 鲁道夫·瓦伦蒂诺（Rudolph Valentino，1895—1926），著名意大利裔美国电影演员，史上首位"万人迷"男影星，主演过《酋长》《碧血黄沙》等默片。31 岁英年早逝，葬礼盛况空前。

此教授名叫马丁·海德格尔*。

我一到马堡，还没去找住处，就先报了他的每一门课。

* 马丁·海德格尔（Martin Heidegger, 1889—1976），德国著
名哲学家，有人视他为天才，有人认为他是江湖骗子。至少可以这
么说，他与纳粹党阀的"暧昧关系"至今仍遭人唾骂。

海德格尔的课堂上天才荟萃。

Hans Jonas （1903—1993），犹太裔德国思想家、教育家，诺斯替主义和环境伦理学研究领域的理论先驱。

列奥·施特劳斯

Herbert Marcuse （1898—1979）， 犹太裔，德国知名左翼思想家，马克思主义者，著有《单向度的人》《爱欲与文明》等。

卡尔·洛维特

Emmanuel Levinas （1906—1995），出生于立陶宛的犹太裔伦理哲学家，提出作为第一原理的"他者"的神圣性，以及"面孔"的伦理学力量。

汉斯·约纳斯

Leo Strauss （1899—1973），犹太裔德国政治理论家，痴迷于研读古典文献，创立了"隐微写作"学说，称这是哲学家世代相传的密码。他被视为"新保守主义"之父，尽管该词语在二十年以后才真正出现。

赫伯特·马尔库塞

Karl Löwith （1897—1973），犹太裔德国哲学家，非常高产，曾获诺贝尔文学奖提名。

伊曼努尔·列维纳斯

我 17 岁。
他 35 岁，已婚，两个孩子的父亲，尚无著述。

我倒要看看，他是否掌握了真理的钥匙。

* 亚里士多德（公元前384—前322），古希腊哲学家、科学家，师从柏拉图，后来创立了自己的学说，奠定了理性思维的基础，涉及面极广，从植物如何生长到如何讲笑话，无不涉猎。

** 约翰·洛克（John Locke，1632—1704），英国哲学家，绝对理性，绝对启蒙，绝对怀疑主义——若肉眼看不见，你就必须证明给他看，不然他不买账。洛克的思想对美国宪法起草人（是的，这些人都是男性）起过启蒙作用。

你叫什么？

阿伦特。

概述休谟*从阿维森纳**那里继承了什么。

你听说过阿维森纳吧，阿伦特小姐？

教授先生，请允许我从圣奥古斯丁***讲起。

阿伦特小姐，我没问你圣奥古斯丁。

我会讲到阿维森纳的。

阿伦特小姐，你我谁是教授？

您是。

这就对了。另外，阿伦特小姐，你从圣奥古斯丁谈起，是完全正确的。事实上，妙哉。

---

* 大卫·休谟（David Hume, 1711—1776），另一位来自英国的绝对怀疑论者，苏格兰人，对惯性思维不以为然。假如你对他说"太阳明天会升起"，他会说："你怎么知道？又没到明天。"

** 阿维森纳（Avicenna, 980—1037），波斯医药学家，兼天文学家、占星家、炼丹家、地理学家、地质学家、心理学家、神学家、逻辑学家、数学家、物理学家和诗人。

*** 希波的奥古斯丁（Augustine of Hippo, 354—430），神学家、哲学家，少时放荡不羁，曾放言"神啊，赐予我贞洁与节制，但不要现在"。悔过后过上纯粹的精神生活。

然而，问题在于，这一切无关宏旨，毫无意义。

因为史上所有哲学家，无论亚里士多德，还是芝诺*，都被一个扭曲、变形、不完整的"存在"概念所毒害。

同学们，你们将同我一道，拂去尘埃和蛛网，矫正谬误，共同见证2500年来惰性思维的毁灭。

在它的废墟上，会有一个崭新的世界升起，我们最终将以绝对的真理定义人性。那将是唯一的真理。

* 芝诺（Zeno，约公元前490—前430），古希腊哲学家，以其悖论著称。譬如，他曾竭尽逻辑推理，以证明从A点移动到B点的不可能性。

我感到天旋地转。

终于有人敢提出何为
"存在"的问题。

并给出一个合理的答案。

随着假象、偏见、矛盾的
面纱被扯去，思考变得性
感起来。

兴奋。
狂喜。

* 弗里德里希·尼采（Friedrich Nietzsche, 1844—1900），德国哲学家，以虚无主义、警句格言和大八字胡著称。他有一句名言——"上帝死了"，对此上帝据说于 1900 年回应道，"尼采死了"。他的"超人"（Übermensch）哲学曾引发极其可怕的后果，不过西格尔和舒斯特（两个来自克利夫兰的犹太孩子）创作的超人漫画书不是其中之一。事实上，"钢铁侠"的起源来自犹太神话中的泥人"勾勒姆"（Golem）。

** 弗里兹·朗（Fritz Lang, 1890—1976），奥地利裔美国电影大师，戴单片眼镜，半犹太血统。他与另一位黑色电影大师——在德国学成的英国导演阿尔弗雷德·希区柯克——的风格迥然不同。如果说希区柯克是"悬疑大师"（至少英国电影学院如此评价他），那么，弗里兹·朗则可被称为"黑暗大师"。朗开创了科幻电影、黑色电影和超级间谍片的先河。他养过一只宠物猴。

一天夜里，门缝塞进来一张纸条。

汉娜·阿伦特
亲启

汉娜，有你在身旁，魔影降临于我身上，
你的双手祈祷无声，你的额头光辉闪耀。
此番感受，我此生未曾有。

拥抱并亲吻你

马丁

事情就这样发生了。欲望与爱情、激情与哲思、秘密与谎言调制成的烈性鸡尾酒，令思想有了形，让肉体水乳交融。

我非处女身，但我们之间触犯禁忌的关系，让我们能够去触碰身体与思想的处女地。

* 埃德蒙德·胡塞尔（Edmund Husserl, 1859—1938），犹太裔德国哲学家，现象学理论的奠基人。他将个体的直接经验置于意义和存在的中心，以此，把康德的人本主义思想发展到了极致。胡塞尔既是海德格尔的老师、精神导师，又是其工作伙伴、老板，也有人认为，他后来成了海德格尔的牺牲品。

汉娜,你身上有股独一无二的能量。

生命就是**被抛掷**（thrownness）。

你仿佛黑暗森林中的一道闪电,抛向了我。

我们被当下所吞噬。

这是只有你我才能完成的真理。

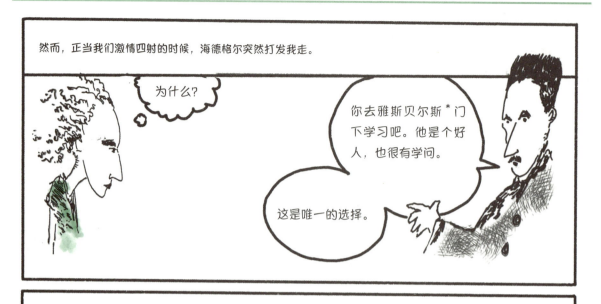

然而，正当我们激情四射的时候，海德格尔突然打发我走。

为什么？

你去雅斯贝尔斯*门下学习吧。他是个好人，也很有学问。

这是唯一的选择。

我不太相信他的话。

难道我们之间的激情过于炽烈？

或许答案更世俗，他担心失去他的妻子埃尔福丽德，以及他那稳定的生活和事业？

还是他只是被亚伯拉罕信仰所诱惑，尽管我对犹太《托拉》一窍不通，就像他当初抛弃自幼信奉的天主教，迎娶了一个路德新教的妻子那样？？

或者，他只是对我厌倦了？我让他感到无聊？

*　卡尔·雅斯贝尔斯（Karl Jaspers, 1883—1969），德国哲学家，存在主义者，汉娜·阿伦特一生的导师、挚友，娶了一名犹太妻子。他的"阳"与海德格尔的"阴"形成对峙。

35

再后来，他几个月杳无音讯。我现在搬到了柏林。我拒绝了无数个邀请。但我仍未消气，于是有一天，我接受了一个邀请。我不知道为什么会接受这个邀请，但我接受了。

这是一个慈善活动，为一家我非常反感的杂志筹款。我对共产主义并不热衷，我厌恶化装舞会，我只想待在家里读亚里士多德。可海德格尔那个混蛋好几个月没有来信，所以……

我早该料到，昔日那帮马堡追求者会盛装出席舞会。

热烈欢迎

德意志　　共产主义者

我扮成一个后宫婢女。

一个蒙面火枪手朝我走来。

JE CROIS*

大谈哲学。

爱是一种后验**

*　法语: 我认为。

**　A Posteriori, 通过观察生活归纳出来的理性发现。

我拗不过施泰恩的死缠硬磨，说出了那句"我愿意"。比尔瓦德为我们举办了一场隆重体面的婚礼。婚礼上唯一的小插曲是施泰恩的远房亲戚，一个名叫瓦尔特·本雅明 * 的驼背小人引起的骚动。

小酌几杯后，施泰恩和本雅明聊了起来。

表亲，你们在哪儿认识的？

在马堡，海德格尔的课上。

那个混蛋！

谁？海德格尔？

没错，我们以前是同学。他勾三搭四，很不检点，事后还装出一副天主教徒的可怜相……

但他很精明。

他不光精明，还懂得玩弄学术政治，像个真正的高手。

既然扯到了破烂政治，你的博士论文有进展吗？跟阿多诺*、霍克海默**那两只老狐狸合得来吗？

表亲，他们把它全否了，因为论文不够左……

……或者是因为太左？

你知道吗，兄弟，那两个混蛋也把我的论文给封杀了，因为它不合左派本周的流行口味……

而我是个该死的左派！

* 西奥多·阿多诺（Theodor Adorno, 1903—1969），犹太裔德国思想家，法兰克福学派社会理论的核心人物，以新马克思主义诠释一切，本名西奥多·维森贡德（Wiesengrund）。当他改用母亲的意大利姓氏，并公然以意大利式的举止来掩饰自己的犹太血统时，他的同人便从中嗅到了一丝猫腻。

汉娜的第一次逃离

柏林

柏林

人类历史上，从未有过像罗曼咖啡馆这样的地方。

它是现代主义的温床。

在这里，时间变成空间；在这里，存在本身被粉碎（这显然要归功于海德格尔）。我坐在咖啡馆一角的老位子上，沉浸其中。

45

主义与主义的碰撞。

①汉娜·霍希（Hannah Höch, 1889—1978），犹太裔德国女艺术家，摄影蒙太奇艺术的先驱，提出"拼贴"这个影响至今的后现代主义观念。
②马克·夏加尔（Mark Chagall, 1887—1985），犹太裔俄国艺术家，原名莫伊舍·夏加洛夫。他用表面的天真烂漫伪装自己在色彩和叙事上的成熟老练。从狂热的荣格心理学派到伟大的芝加哥市的市长查德·J.戴利都是他的画迷。③爱德华·蒙克（Edvard Munch, 1863—1944），挪威新神秘主义画家，通过挖掘自身的绝望，创作出现代艺术（及时代）的标志性作品《呐喊》。④马克斯·恩斯特（Max Ernst, 1891—1976），德裔法国艺术家，纳粹时期被迫流亡，他是达达主义和超现实主义等非理性艺术运动（就好像还有过理性艺术运动似的）的奠基人。

⑤阿图尔·施纳贝尔（Artur Schnabel, 1882—1951），犹太裔奥地利钢琴家，《纽约时报》称他是"创造了贝多芬的人"。纳粹谴责他的演奏"过于犹太"。他成功逃亡。父母死于集中营。⑥阿诺德·勋伯格（Arnold Schoenberg, 1874—1951），犹太裔奥地利作曲家、画家，被誉为现代无调性音乐之父。纳粹给他贴过"堕落艺术"的标签，他后来（偏偏）逃到了好莱坞。一辈子最怕 8 这个数字。⑦欧文·柏林（Irving Berlin, 1888—1989），犹太裔美国词曲作家，其《白色圣诞》堪称史上最畅销、录制次数最多的歌曲。⑧库尔特·威尔（Kurt Weill, 1900—1950），犹太裔德国作曲家，因与著名剧作家布莱希特极富政治颠覆性的合作而名声大振，他在魏玛时期创作的反乌托邦小调《暗刀麦奇》曾风靡美国，特别是在艾森豪威尔时代，这部作品由鲍比·达林和艾拉·菲茨杰拉德精彩演绎。

理论家圈

社会主义。

马克思主义。

犹太复国主义。

民主。

鲁道夫·希法亭
博士

库尔特·布鲁门
菲尔德

弗里茨·埃尔萨斯

贝托尔特·布莱希特

①贝托尔特·布莱希特（Bertolt Brecht, 1898—1956），德国诗人、剧作家，为现代通俗戏剧注入了强烈的政治和反法西斯色彩。他开创了"间离"手法，目的是引导观众真切地感受，而非纯粹陷入奇观的幻象中。②鲁道夫·希法亭博士（Dr. Rudolf Hilferding, 1877—1941），犹太裔奥地利马克思主义者，经济学家、医学家。③库尔特·布鲁门菲尔德（Kurt Blumenfeld, 1884—1963），犹太裔德国政治家，现代犹太复国主义的关键人物，主张有组织地反击对犹太人的政治迫害。与汉娜·阿伦特一样，也来自柯尼斯堡。④弗里茨·埃尔萨斯（Fritz Elsas, 1890—1945），犹太裔德国政治家，曾在1931至1933年间任柏林市长。在萨豪森集中营中遭纳粹迫害。

电影人圈

弗里兹，重要的是蒙太奇、剪辑、悬疑！

希兄，场景布置才是王道！布景营造恐怖感。

先生们，音效才是一切真情实感的源泉。

"画面"要无声才对。

所以别嚷嚷了！

尤金·舒夫坦

罗伯特·西奥德梅克

弗里兹·朗

阿尔弗雷德·希区柯克

⑤阿尔弗雷德·希区柯克爵士（Sir Alfred Hitchcock, 1899—1980），英国电影导演、制片人，曾在柏林著名的UFA电影制片厂学习。⑥罗伯特·西奥德梅克（Robert Siodmak, 1900—1973），犹太裔德国电影导演，曾与比利·怀尔德共过事。尽管他的巴黎出境移民文件上写着，其出生地是美国田纳西州的孟菲斯，但事实上他并非生于此地。1947年凭电影《杀手》获奥斯卡提名。⑦尤金·舒夫坦（Eugen Schüfftan, 1893—1977），犹太裔德国电影摄影师，不仅设计了一套在大型场景中调动演员的通用流程，还为朗、奥弗尔斯、克莱尔等众多导演的作品带来细腻深邃的视觉风格。1961年凭《江湖浪子》获奥斯卡奖。

可是，尽管罗曼咖啡馆里的讨论热火朝天，我和施泰恩之间的火花却渐渐熄灭。我做任何事情，都遭他嫌弃。妈妈还总帮倒忙。新近丧偶的她（没错，她又成了遗孀！）有个习惯，总爱不打一声招呼就住进我家，并且一住就不知何时离开。

他尤其厌恶我
抽哈瓦那大黑
雪茄。

库尔特去寻找
新耶路撒冷回
来时带给我的
那种。

施泰恩讨厌我
闻烟草味时陶
醉的样子。

他讨厌我被火光
拥簇的样子。

这让他联想到我如何如
明星般冉冉升起，而他
却身陷影评撰写之中。

出于某种莫名其妙的原因，这让他联想到他那本关于纳粹的没完没了的讽刺小说。

而他最憎恨的……

莫过于从我嘴里吐出的那一长串紫色烟雾……

勾引着罗曼咖啡馆里的男男女女……

……除了我。

一场充满咖啡因和尼古丁的审判正在如火如荼地进行。

涉及的案件少儿不宜。

所以到底是谁干的？

干了什么？

是谁发明了性？？？

主审判官是一个长着青蛙眼、梳着大背头的呲牙咧嘴的男人，他的名字叫拉兹洛·洛温斯坦*。

是弗洛伊德博士**？

还是我们亲爱的尤利乌斯·弗洛姆***？

他向世人断然宣告，一切均与"弗氏行动"（Fromm Act）有关。

他从卑微的卷烟工一跃成为避孕套巨头……

于是集事前、事中和事后于一身。

是我！

是我！

* 彼得·洛（Peter Lorre，1904—1964），犹太裔奥地利演员，德语电影界明星，彼得·洛是其艺名。他在弗里兹·朗的《M》中扮演了一个恋童癖连环杀手，其惟妙惟肖的演绎至今仍具冲击力。他是好莱坞的常青树，经常在华纳兄弟的影片（比如《卡萨布兰卡》）中扮演性格复杂的配角。

** 西格蒙德·弗洛伊德（Sigmund Freud，1856—1939），犹太裔奥地利心理学家，将人类行为的潜意识动机与原始性冲动联系在一起，这令不少信徒将他的学说奉为一种世俗宗教。尽管其学说所依托的科学根据经常遭到质疑，但它对现代人的生活、思维、语言及行为方式的影响毋庸置疑。1939年流亡期间死于伦敦。

*** 尤利乌斯·弗洛姆（Julius Fromm，1883—1945），犹太裔德国发明家、企业家，将自己在夜校学到的化学知识与作为卷烟工所积累的技能结合到一起，发明了现代乳胶避孕套。他创立的"弗氏行动"牌避孕套广受欢迎，以至于"弗氏行动"一度成了床事的代名词，就像舒洁（Kleenex）成为纸巾的代名词一样。纳粹上台后抢夺了他的商业帝国，并把它交给了赫尔曼·戈林的教母。弗洛姆被迫流亡伦敦，在那里死于贫困。

或者是玛琳·黛德丽*女士？

我肯定，她对"弗氏行动"很有一套。

米娅·梅**

我受宠若惊。

本庭最终宣判，既然连性变态、恋阴癖和杀父恋母的色情狂都注定对"弗氏行动"着魔……

整个罗曼咖啡馆沸腾了。除了一个人。我。

洛，别磨叽了！

是尤利乌斯·弗洛姆干的！

---

* 玛琳·黛德丽（Marlene Dietrich, 1901—1992），德国著名女影星，20 世纪影坛的常青树，坚定的反法西斯主义者，曾与肯尼迪父子同时传有绯闻。

** 米娅·梅（Mia May, 1884—1980），奥地利著名女演员，导演乔·梅之妻。

大家从钱包、口袋里掏出一个个"弗氏行动"牌避孕套，吹气放飞，以庆祝这场真正公正的审判。

愚蠢。

聒噪。

现代巴别塔。

世界末日之声。

一张熟悉的面孔 * 打断了我的思绪。

嘿，汉娜，总算折腾完了，我倒有个问题要问你。

生命的意义是什么？

罗曼咖啡馆的果馅卷。

我是认真的。

被抛掷性，阿尔伯特。

拜托你讲人话。

我们被抛掷到这个世界上。我们没有选择。

* 阿尔伯特·爱因斯坦（Albert Einstein, 1879—1955），改变了宇宙概念的犹太裔德国物理学家。

65

我们甚至被抛掷到此刻。

可是，恕我冒昧，你是可以决定留在家里的。

没人逼你来。

没错，今晚我和施泰恩本可以留在家里。

可事实是，我们并没有。

我在。你在。

所有这一切，这张桌子，这杯香气浓郁的咖啡，玛琳的美貌……

都是此在。

请继续。

抛掷给我们的一切，等同于其意义。

然而，无论罗曼咖啡馆内的思想如何激进前卫，在它的
四壁之外，却有一股截然不同的新势力在涌动。

它是技术、暴力和日耳曼
神话的大杂烩。

一锅正在煮沸的毒汤。

①W. H. 奥登（W. H. Auden, 1907—1973），英国诗人，"垮掉的一代"（以艾伦·金斯伯格为代表）的启蒙诗人，
其爱情诗和社会题材诗至今仍令读者有共鸣。他的《1939年9月1日》在"9·11"事件后更是成为纽约市民的疗
伤诗。②克里斯多夫·伊舍伍德（Christopher Isherwood, 1904—1986），英国作家，其《柏林故事集》被改编成
话剧、百老汇音乐剧和电影等众多版本的《歌厅》。③尼尔斯·玻尔（Niels Bohr, 1885—1962），丹麦物理学家，
1922年诺贝尔物理学奖得主，在量子力学理论方面既挑战又推进了爱因斯坦的研究。④阿图尔·施纳贝尔（见第
46页注）。⑤鲁道夫·布莱特沙伊德（Rudolf Breitscheid, 1874—1944），犹太裔德国政治家、记者，民主思想的
积极倡导者，虽然逃到法国，仍被希特勒盯上，遭盖世太保追捕和杀害。

歌星、影星、诗人和剧作家的缪斯——卡罗拉·内尔*，冲进咖啡馆，宣布了一则重大新闻。

* 卡罗拉·内尔（Carola Neher），德国著名女演员，诗人克拉邦德之妻，布莱希特的缪斯。

国会大厦

58

他们指责共产党人?

共产党人?

怎么不指责咱们犹太人?

就是!

怎么回事,戈培尔*度假去了吗?

咱们不受待见了!

等等,怎么不指责犹太共产党人?他们能干出这种事!

或者犹太共产党精灵?

或者犹太共产党黑**精灵。

** 德语词 Schwartz 意为黑色,在美国犹太意第绪俚语中,特指黑人。

也许是搞吉卜赛爵士乐的犹太共产党黑精灵干的?

还变了装!

哈哈!

太好笑了!

* 约瑟夫·戈培尔(Joseph Goebbels, 1897—1945),德国纳粹头目,宣传部部长。他对广播、电影、宏大场景等现代大众媒介方式十分敏锐,这让他成为希特勒的宣传喉舌。他最臭名昭著的一句话是:"杀光犹太人。"

可事实是，局势一点也不正常。*

一个赤口毒舌、满嘴维也纳腔的声音嗡嗡作响。

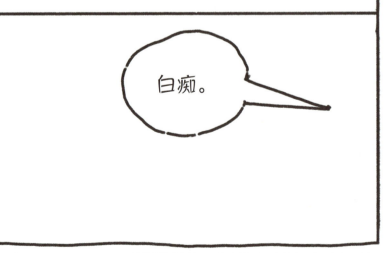

白痴。

* 纳粹科学家们甚至开始测量起犹太人的鼻子来，并予以分类。

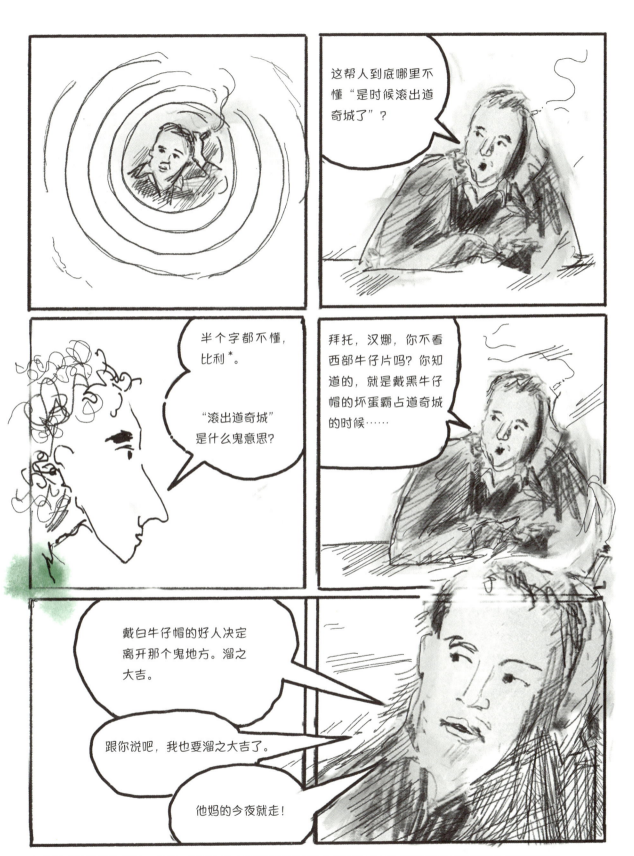

* 比利·怀尔德（Billy Wilder, 1906—2002），犹太裔奥地利电影导演，为好莱坞大片注入了颇具颠覆性的魏玛情调，比如他的《热情如火》被誉为史上最伟大的喜剧片。他在《双重赔偿》中开始拓展黑色电影，讽刺片《桃色公寓》让他成为史上首次因一部电影而同时获得奥斯卡最佳导演、最佳剧本和最佳制片人奖项的人。

61

黎明时分，仍不见出
租车的踪影，我和施
泰恩决定走回家。

你母亲还在咱家吗？

还有两周就走了。

布莱希特的日记
被查了。

里面提到了我。整本
日记里都有我。

别怪我：当天晚些时候

正午都过了。君特怎么还没回来？

他得去巴黎一趟。很紧急。

他真是个好小伙。希望他赶快回来。你不希望吗？

有人在敲门。

妈，我去开门。

是库尔特·布鲁门菲尔德，爸爸的犹太复国主义朋友，他手里捧着一盒哈瓦那黑雪茄。

你好啊，库尔特。

你好，玛莎，见到你真高兴。你不介意我跟汉娜单独聊聊吧？

你要玩什么把戏？

你就没一句客套话？好吧，既然施泰恩已经在去巴黎的路上了……

等等，施泰恩才离开5个小时，你怎么就知道了？

哦，我忘了，你们犹太复国主义者都消息灵通。

有火吗？

HABANOS

汉娜，你可能听说了，第18届犹太复国主义大会将在六个星期后在布拉格举行，届时全世界都会把目光聚焦到我们身上。你有普鲁士国家图书馆的借阅证，且不参与政治，所以，在大会开幕之前……

我们计划搜集当下德国报纸上刊登的所有反犹文章，将其整理成一份详尽的材料，以公示天下……

这跟我有什么关系？

我经常听你痛斥那些冒充德国人、被同化的犹太新贵。

你不是很欣赏拉赫尔·范哈根*吗?如果你真心想成为她那样的另类,光耍嘴皮子是不够的,现在是你行动的机会了。

可是,希特勒和他的党羽不会指控这种"研究"为恐怖宣传吗?这不是很严重的罪行吗?

恐怕如此。

听我说,库尔特,你派一名你们组织的成员去图书馆不就完了?你的人不能去吗?

不能。可是……

大家都知道你作为一名纯粹的思想者,有多厌恶时事政治。

没有人会对你起疑心。

没关系,汉娜。很抱歉,我想多了。咳,我认识你父亲。你说得对,这个计划不是没有风险……

---

* 拉赫尔·范哈根(Rahel Varnhagen, 1771—1833),本名莱温,德国启蒙运动中心的犹太作家,弥留之际宣布放弃自己的同化身份。汉娜·阿伦特曾花毕生心血为她立传,并称范哈根是"我最亲密的朋友,尽管她已经去世一百多年了"。

不再无辜

第二天一大早，我告诉玛莎，普鲁士国家图书馆新发现了一批珍贵的圣奥古斯丁抄本。我收拾好公文包，路过仍在燃烧的国会大厦，朝图书馆走去。

正午准点出来吃饭。我在外面台阶上等你。别忘了。

图书馆馆员显得异常殷勤。

谢谢。

借阅处

我找到不少猛料。非常多。

您好，请问您能把今年发行的《法兰克福汇报》全部给我吗?

当然可以，阿伦特教授。

海嘉，我从没听说，日报上能登这么多关于圣奥古斯丁的文章。

报上没有。

没错，长官，她查阅的全部是德国地方报纸和党报。

非常可疑。

希特勒万岁。

走走形式而已：正午

圣奥古斯丁怎么样了？

死了。

我要饿死了。

我也是，妈。

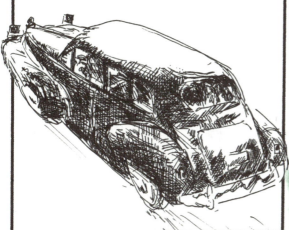

一辆过于大、过于黑的奔驰车停在我们面前。

一位过于年轻、过于帅气的冲锋队 * 军官向窗外招手。

您好，长官。您是军官？您看起来这么年轻，一点都不像军官。

打扰了，阿伦特小姐。

没错，我是军官。新晋的。我叔叔维纳说，调到政治部会是个不错的事业选择。

我本周才上任。

所以还需要参考行动指南。

您已经很棒了。不过，长官先生，我和我母亲预约了今天中午凯宾斯基饭店的座位。

* 希特勒"钦点"的褐衫"暴徒"，盖世太保的前身。

凯宾斯基!

我连做梦都想去吃他们的炸肉排,听说非常美味。

所以我们现在能走了吗?

啊哈,找到了。第9条,第3款,第7.2则,您二位——"被拘留"了。

为什么?

恐怖宣传。

不过别担心,依我理解,只是走走形式而已。

我在夜校读法律预科。

话虽如此,但我觉得,等我们到了警局,您最好还是给凯宾斯基去个电话,取消今天的预约。

现在请您二位上车。

彼得抱着三包美国香烟回到
奔驰车上。

感谢你没有
逃跑。

到了警局，我和玛莎被分开审问。但我们的口径一致。

圣奥古斯丁
手抄本……

圣奥古斯丁
手抄本……

正当玛莎准备离开的时候，彼得使出了"哦，还有最后一个问题"
的老套路。

阿伦特夫人，还有最后
一个问题。汉娜如果只
是在搞哲学，那她干吗
要借一大堆日报呢？

我也不知道，彼得。
但无论她做什么，她
都是对的，换成我，
也会那么做。

你可以走了，
玛莎。

你这个猪猡。给你
点厉害尝尝！！！

汉娜，拜托，承认吧，这是个暗号。

彼得，这不是什么暗号。人人都能看得出，这是古希腊多利亚文。

哦，我在中学没学希腊文，我学的是英语。你知道吗，美国才是世界的未来。

呃！我更钟爱歌德、海涅、席勒那种高贵的德语。

米老鼠！

抱歉，我暂时还不能放你走。

不过，我把你可爱的母亲放走了。

随着时间流逝，我编织、拆解、重新编织了一张游丝般的"故事"网。

他长着一张可信的脸。

彼得，我能再吟诵一遍萨福*的诗吗?

我真不知该拿你怎么办。你若只是偷了一辆自行车，答案则再明显不过了，但是这类政治问题，可真……诡秘。

* 萨福（Sappho，公元前 630—前 570），古希腊女抒情诗人，出生于莱斯波斯岛，擅长赞颂感官享受、爱情和激情。

"舌头变得不灵;
噬人的感情
如火焰般烧遍全身;
我眼前一片漆黑;
耳中雷鸣;

我周身淌着冷汗;
一阵阵颤抖
紧紧纠缠;
我的容颜
比稻草还苍白;
眼睛里只看见
死亡和疯狂。"

不。（两天后）

第六天，一个穿着名贵西装的男人来了，手里提着一包果馅卷。

我相信，您很清楚，这个案子十分棘手。但我的团队已经在魏玛成文法中发现了多处漏洞，请放心，只要您能跟我们合作，按计划行事，您很快就能获得自由。

我叫瓦尔特·艾森伯格，艾森伯格兄弟律师事务所的合伙人。犹太复国主义组织对此事非常抱歉。他们委托我的事务所来处理您的案子。当然，我们是无偿服务。我给您带了一包罗曼咖啡馆的果馅卷。

闭嘴，艾森伯格！我母亲怎么样了？

她期望您能合作。

不。

您疯了？我代表的可是全德国最顶尖的律师事务所。

不。首先，你们这帮人已经把事情搞砸了；其次，我能搞定一切。再见。请把您的果馅卷带走。

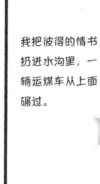

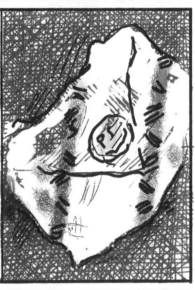

拘留期间，我从彼得那里成功打听到一条逃离德国的安全路线。于是，我带着玛莎，沿着穿越厄尔士矿山的"绿色路线"，向东逃去。到达温泉胜地卡尔斯巴德后，我们在一栋十分神奇的房子里吃了晚饭。

← 柏林

德国

捷克

→ 布拉格

这栋房子的一扇门在德国境内，另一扇门在捷克斯洛伐克境内。在夜幕的掩护下，玛莎和我将我们的生活、家园和保罗·阿伦特留给我们的一切抛在了身后。

汉娜的第二次逃离

巴黎

布拉格并非想象中那样美好。

哦，耶。

又是饺子，再吃我就要吐了。

不错，时间刚刚好。

我给咱俩弄到两张去巴黎的票，明天启程！

我们要去见施泰恩了。

尽管施泰恩在巴黎向我们敞开怀抱，并准备与我重归于好，但天堂里也有烦恼。他是个好男人，一位君子，但我想要更多。

没工作、没身份的生活，更是雪上加霜。

更何况，即便你是法国人，也需要好几代才能被巴黎人接受。

德国犹太人与巴黎犹太人之间的隔阂可不只是语言。

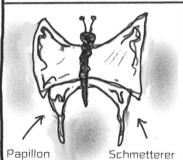

Papillon（法语：蝴蝶）　Schmetterer（德语：蝴蝶）

在品味、时尚和爱情观上，我们彼此看不上眼。

不！

不行！

行！

对！

德国医师被当成江湖骗子。

我是沃尔夫医生。

蹭饭*医生。

身着浮夸西装的德裔犹太黑帮，却被奉为圣人。

* 吝啬、向人借钱、老忘带钱包的那类人。

德国犹太塔木德学者靠教基础希伯来语勉强维持生计，像我这种语言通就是其学生之一。

汉娜，不是希伯来语反了，而是所有其他语言反了。

通过一些关系，我甚至有机会跟活生生的罗斯柴尔德*打交道。

没错，我们必须保持警惕，但不能太"犹太"，您懂我的意思吧。

白痴。

然而，与此同时，从德国传来的零星消息却越来越诡异。

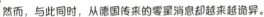

犹太人生病只能去看犹太大夫。

谁会想看其他大夫？

犹太律师被禁了。

希望艾森伯格也在其中。

犹太领袖劝告大家要"骄傲地佩戴黄星"。

连我都不知道该怎么接了。

关于海德格尔的消息更是令人心烦。国会纵火案不久，他一跃当上了有纳粹撑腰的弗莱堡大学的校长。我听说，大概一年后，他又被迫辞职。后来他就销声匿迹了。

海德格尔的近况简直令人难以置信。

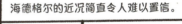

老家伙堕落成满口胡言的纳粹狂了！快听："危险不是来自为国家效劳，而是来自反抗。"

还有这句："致犹太游民……我们德意志场域的本质也许永远不会对你们显现。"

汉娜，你知道吗，他老婆是个狂热分子，在大学里还勾引过我，发现我是犹太人，就跟我一刀两断了。

＊ 罗斯柴尔德家族，犹太豪门，始于 1769 年，创始人梅耶·罗斯柴尔德成功利用新教徒在发放信贷方面的"问题"，开启了国际金融业务。他的其中一项成就是设计了一套联结各地城堡的照明系统，以此，将金融信息以前所未有的速度传遍欧洲。

我开始过上三重生活。

本雅明也来巴黎了，他几乎每晚都在多姆巴索街的屋子里举办多元"沙龙"。

去图书馆查资料、为犹太事业筹款、写任何有酬劳的稿件，奔波了一整天后，他的多元沙龙为我带来愉快的消遣。

在那里，脑洞与时间、艺术碰撞，神圣与世俗博弈，很多时候，各式思想互相较量。我爱这种氛围。

除了疯狂的大脑，我还迷上了本雅明的一个身材健硕的朋友，他叫海因里希·布吕歇*，非犹太裔德国前共产党人，给性爱俱乐部当过保镖，是个自由知识分子，烟斗迷。

布吕歇身上有一种原始、无师自通的特质，魅力十足。这让他与施泰恩形成鲜明的对比。

我给你讲过我给弗兰克尔**当副手的故事吗？

那位知名心理医生？

嗯，说实话，我刚开始跟他混的时候，他还没那么出名。

---

* 海因里希·布吕歇（Heinrich Blücher, 1899—1970），德国诗人、教育工作者、革命家、哲学家、舞厅保镖。汉娜·阿伦特的第二任丈夫。

** 维克多·弗兰克尔博士（Dr. Viktor Frankl, 1905—1997），柏林弗洛伊德派心理学家，在接触了布吕歇，并与他一起发明了"惊吓法"后，从弗洛伊德派转变为布吕歇派。

我用花言巧语，莫名其妙地成了他的副手，穿白大褂那种。

我的任务是帮他去修理那个维也纳白痴。

总之，弗兰克尔一直医不好这个病人，都两年了，不管他试什么招，都没能成功把他弄下床。

我说，医生，您看好了。

什么方法都不管用。谈话治疗不行，药物治疗不行，催眠术不行，电击不行，连巫术都试过了。

于是，有一天，我从我另外一份焊工活那里"借"了一把焊枪，带了过来。

* "胖子"罗斯科·阿巴克尔（Roscoe "Fatty" Arbuckle, 1887—1933），美国电影导演，发掘了鲍勃·霍普和巴斯特·基顿，并指导过查理·卓别林。曾是默片时代的超级明星，却因一场舆论诽谤，事业全毁。被逐出好莱坞后，他准备在柏林重启自己的演艺事业，却因猝死而告终。

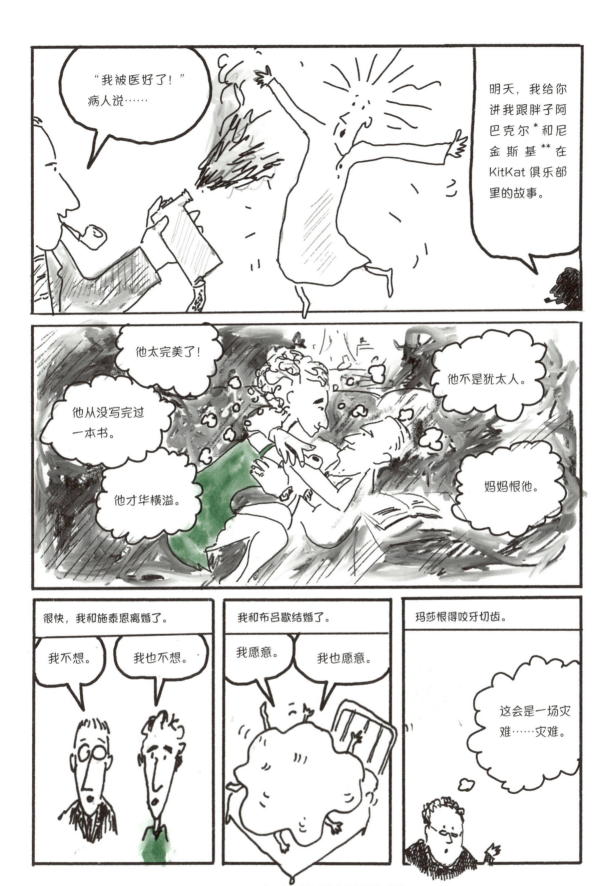

我在第二重生活里，继续探索那终极认知。

这让我回到本雅明的超现实沙龙，和隐藏在他厚镜片下的神秘宇宙。

我该如何描述本雅明这个存在呢？

世俗
神秘主义
不可知论
虔诚
艺术崇拜者
艺术破坏者
诗人作家
民众煽动者

苦行僧
顾家男人
恋爱脑
乐天派
美食家
妄想狂
笨手笨脚
命途多舛……

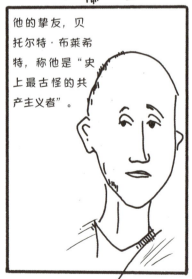

他的挚友，贝托尔特·布莱希特，称他是"史上最古怪的共产主义者"。

他的另一位终生挚友，犹太神秘主义先驱学者格舒姆·肖勒姆*，称他是不可知论先知。

世上最睿智的人。

无人可及。

聪明绝顶。

* 格舒姆·肖勒姆（Gershom Scholem, 1897—1982），原名格哈德·肖勒姆，犹太哲学家、历史学家，现代犹太喀巴拉神秘主义研究的奠基人，瓦尔特·本雅明一生的挚友。

至于我，本雅明令我着迷。

他是一块反理性、纯感性的人类海绵，没错，没错，没错，他是一位光辉、无序的思想者。

本雅明有一个格外迷人的习惯，"游荡"，他在巴黎城里走来走去，冷静、专注地观察一切，他的见证赋予世界生命。他既是旁观者，也是参与者，完全沉浸其中，特别是当他叙述自己一天的游荡经历时。

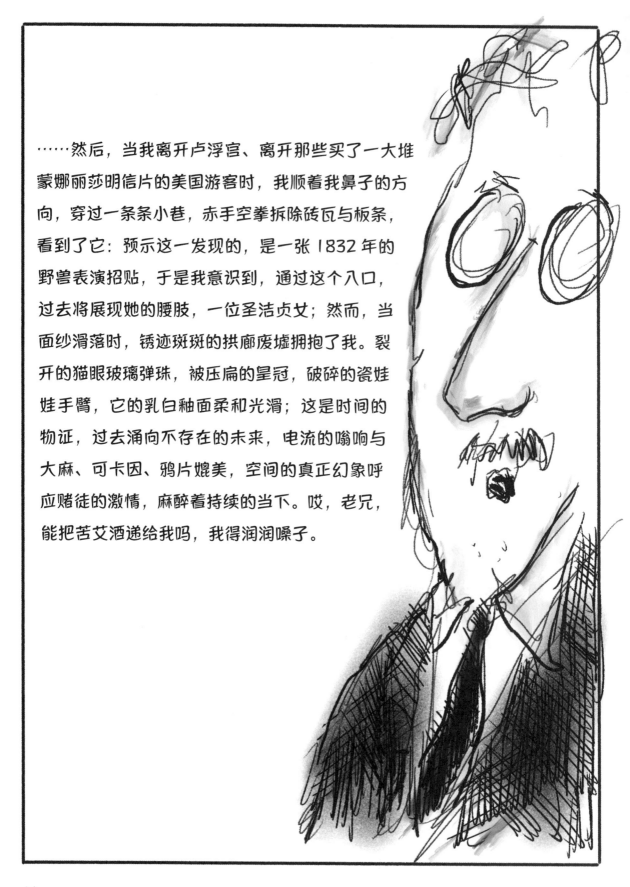

……然后，当我离开卢浮宫、离开那些买了一大堆蒙娜丽莎明信片的美国游客时，我顺着我鼻子的方向，穿过一条条小巷，赤手空拳拆除砖瓦与板条，看到了它：预示这一发现的，是一张 1832 年的野兽表演招贴，于是我意识到，通过这个入口，过去将展现她的腰肢，一位圣洁贞女；然而，当面纱滑落时，锈迹斑斑的拱廊废墟拥抱了我。裂开的猫眼玻璃弹珠，被压扁的皇冠，破碎的瓷娃娃手臂，它的乳白釉面柔和光滑；这是时间的物证，过去涌向不存在的未来，电流的嗡响与大麻、可卡因、鸦片媲美，空间的真正幻象呼应赌徒的激情，麻醉着持续的当下。哎，老兄，能把苦艾酒递给我吗，我得润润嗓子。

尽管我们离婚了，施泰恩在逃往美国之前，还是在他姐姐那里，为我谋得了一份工作。

打这个电话。

是犹太阿利亚组织的一份工作。

再会。

这是一个致力于安全输送犹太儿童逃离欧洲的组织。尽管我在巴黎过着三重生活，但很快，阿利亚让我第一次跟同类在一起相处。

我能够——我必须——想办法救他们每一个人。

这些小孩将变成一摞摞文件。

他们在时间中陷落。

他们在劫难逃。

这个该死的疯狂的世界。

所有孩子中，有一个女孩格外显眼。她叫娜塔莉·法卡斯，一个12岁的罗马尼亚孤儿。我几乎看不见她的脸，我能看到的，只有她的缺席，和她将为这个宇宙留下的空白——若我不能成功挽救她的话。

*　华特·迪士尼（Walt Disney, 1901—1966），美国电影制片人、企　　业家，他的《白雪公主与七个小矮人》（1937年）被誉为史上第一部长篇彩色动画片。他与犹太人和工会难以相处——有人说他与人　　难以相处。他共获得过22项奥斯卡奖和59项奥斯卡奖提名。

法国陷入腐朽。

典型的犹太鼻子

"犹太人与法国"展览

99

战争开始了　1939年9月1日

经历了一系列的否认、诡计、希望、期盼、谎言和祈祷……

世界终于被战争惊醒了。

纳粹德国扬言遭到温顺的波兰的"严峻威胁"，开始对其发起进攻，并以闪电般的速度将之击溃。

低地国家在短短几天内被降服。

元首，您的报纸。

纳粹风暴！

连希特勒*本人都不敢相信自己的眼睛。

嘿——厉害了！！！

在特制安非他命的驱动下，纳粹国防军眼睛一眨不眨地横扫欧洲，吞噬了一个又一个国家。

接着，仿佛被自己的无畏吓得哑口无言，世界突然沉睡了。

我的天啊……

* 阿道夫·希特勒（1889—1945）。

躁动不安的地球上一片死寂。

英国新闻评论员戏称这是"静坐战"。

距离上一场吞噬了 2000 万人口的"终结一切战争的战争"还不到一代人的时间，世界稍作喘息，也情有可原。

可它那扣动扳机的手指又开始发痒了。

周遭越平静，我就越想尽一切办法解救娜塔莉。

在熬了两个通宵、抽了 47 根烟、喝了 17 杯浓咖啡之后，我终于想出了一个一劳永逸的办法。

所以我能去巴勒斯坦看棕榈树了吗，阿伦特小姐？

给你！

是的，娜塔莉。不过，明天一早，你务必先到这里来。

我能睡在这里吗？

我希望你可以。只是那样的话，我会被解雇，然后就不能帮助其他跟你一样的孩子了。

好的。我懂了。谢谢您。非常感谢。

不论巴黎的春天在那个来自印第安纳州秘鲁城的侨民科尔·波特*的笔下如何，它只不过是一抹暖色调的污秽。

玛莎、布吕歇和我早早起床。

我们争抢早上的第一杯咖啡和收音机的控制钮。

我想听舒伯特**。

布吕歇离不开他的强哥***。

玛莎不想错过她的德国肥皂剧。

注意！注意！巴黎市民请注意！鉴于德军非法入侵法国领土……

* 科尔·波特（Cole Porter, 1891—1964），美国作曲家，也是美国流行乐界唯一一位非犹太裔作曲家。常年旅居巴黎。由加里·格兰特饰演的好莱坞传记电影成功回避了他的同性恋（或者说双性恋）私生活。

** 弗朗茨·舒伯特（Franz Schubert, 1797—1828），奥地利作曲家，在31年的短暂一生中创作了大量音乐作品，其优美的旋律和别出心裁的和声至今仍动人心弦。生前多被人冷落和误解。

*** "强哥"·莱恩哈特（Django Reinhardt, 1910—1953），吉卜赛传奇爵士吉他手，世上大多数吉他手用二十根手指也抵不过他的三根手指。

所有外籍居民

年龄在16至55岁的德国公民

男性必须立即前往布法罗体育馆报到

女性前往冬赛馆报到

否则将受到严厉处罚！

下面请继续欣赏您喜爱的节目

为您带来不便，深表歉意

玛莎56岁，所以指令对她没有影响。只是她将不得不亲眼看着自己的女儿和女婿被捕。

开始了。

冬赛馆：法国工业技术的胜利！

1883 年的某一天，加斯顿·兰伯特突发奇想。

那个古斯塔夫·埃菲尔是个狠人！

他的梦想是，建造世界上最壮观的室内自行车竞赛馆。

先生们，有了它，即使在冬天，我们法兰西的自行车手也能让其他国家的高手输得心服口服。

太棒了！

见鬼！

不可思议！

1909 年，在埃菲尔铁塔的脚下，兰伯特的冬赛馆* 拔地而起。它像一座由钢铁和玻璃筑成的大教堂。场馆的基圆半径长达 253.16 米，到赛道边线的半径正好是 250 米。此外，它还能迅速变成一个占地 2700 平方米的旱冰场。夜间比赛时，有 1253 盏吊灯（交流电）照明；白天比赛时，有 3246 扇巨型玻璃窗采光。甚至圣诞节都不闭馆！

你能相信吗，今天也有比赛？

比埃菲尔铁塔还壮观！

* 全称"冬季自行车竞赛馆"。

然而，1940 年的这一天，冬赛馆变成了大概连兰伯特本人也未能料到的样子。

德国女人的温室监狱。

先进的法国精算学为这场围捕打下了基础。

2364 名德国女性来到兰伯特的奇幻世界。

3246 扇玻璃窗被全部涂黑，以防德军轰炸。

即便如此，每当有飞机从头顶轰鸣而过时，2364 双眼睛就会想象汽车大小的黑色玻璃碎落如雨。

旱冰场上铺满草席，有 2700 米长，爬满虱虫。

"Sortie"* 也不再是出口。

大约有一半女囚是基督徒。

他们为什么不把我们送回去？

* Sortie，法语，意为"出口"。译注。

105

另一半女囚则受到双重诅咒：
德国－犹太人。

祈求他们不要把我们送回去。

我到处打听娜塔莉的下落。

不知道。

没听说。

不清楚。

没见过。

我看见楼下的面包师白先生也在。

他把厨师帽改成了军帽。

白先生！

嘘——我不能与敌国公民亲近。

您看起来很有派头。

哦，你说我的军帽？我只是把上场战争用过的衣物拼凑到一起而已。他们答应很快就给我们发新制服。

对不起，不知道。

再见，汉娜。

白先生！！！

被关在黑玻璃温室的第四天，谣言如霉菌般散播开来。

英国被希特勒攻占了。

林白*被任命为美国总理，他站在纳粹一边。

有人看见教皇戴着纳粹臂章。

听说今晚的甜点是冰激凌。

全是些没用的废话，比胡扯还烂。

不过，我总算找到一个有头脑，讲真话，可以与之理智地交流、辩论和对话的人。

我自己。

* 查尔斯·林德伯格（Charles Lindbergh, 1902—1974），绰号"幸运的林白"，美国飞行员，单人飞越大西洋第一人，并因此而世界闻名，"亲希特勒"派政治家，主张孤立主义和"美国优先主义"。

5 月 23 日这天，艾囚们步行穿过巴黎城。巴黎人继续吃着他们的可颂，没有抬头看一眼。

我们被押上火车。

火车向南驶去，目的地不明。一路上，绿树变成灌木，灌木变成杂草，杂草变成红土。

直到火车抵达居尔，一个用铁丝网围起来的拘留营，位于法国南方一个不毛之地。

截至 6 月 23 日，总共有 6356 名德国女性在此地分享过鳕鱼片 *。

下雨的时候，居尔的黏土流出红色的血。

太阳一出来，血又被烤成砖头。

我跟同伴说，不要失去尊严。

拜托，别丢掉自尊。

化化妆，弄弄头发，你还是你。

* Morue seche，一种咸鱼干。

但在心底，我很清楚，这是至暗时刻：纳粹、通敌者、愚昧、绝望。

假如发生的一切不是如此骇人，

活着兴许也是一种快乐。

但这只是个假设。

尽管看守残忍、狱长愚蠢，我的脚上长满水泡，但是这一切，都没有同伴们盲目、错误、不切实际的乐观更令我愤怒。她们失掉了自尊，却保持着幻想。

嘿，振作起来，已经很不错了！

权当咸鱼干是鱼丸冻*。

别再愁眉苦脸了！

我渴望行使留给我的唯一的自由权利。

这毫无尊严可言。她们难道不明白快乐的谎言跟愤怒的谎言一样致命吗？

历史是个白痴。

如果我绑一块石头到脖子上，然后把头伸进水槽，那会怎样？

一个人只能吃下这么多咸鱼干。

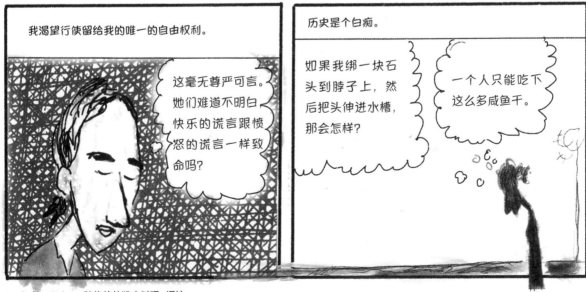

* Gefilte Fish，一种传统的犹太料理。译注。

混乱*万岁：1940年6月14日

然而，6月14日星期五这一天，愚蠢的历史终于偏向了我。

当纳粹冲锋队在巴黎耀武扬威时……

居尔陷入了混乱……

注意：所有德国公民均可离开拘留营。

更正：所有德国公民，犹太人除外，可以离开居尔拘留营。

抱歉，再次更正：任何人不得离开，否则，将处以死刑。

更正：如果夫妻一方是在法国出生的法国人，另一方符合以下条件……

我抓住时机。

大家听我说，快走！

显然没有人知道究竟是什么情况。大家一起逃走吧，赶快！

怎么逃？

就这样走出去。

我们可能会遇到麻烦。

可是他们说不能走。

巴黎离这里太远了。

这是违法的。

我不想犯法。

* SNAFU，二战期间美国海军用语，意为混乱的局面照旧。

混乱可是咱们的朋友呀。

只是它将转瞬即逝。

你走吧，汉娜。

等过两天，事情平息了，我们就来找你。

于是，我大步走出了居尔！

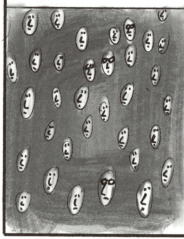

6800 个女囚原地未动。

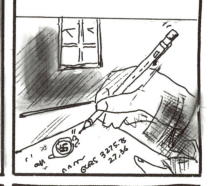

正如我所言，法国人的无能很快被德国人的雷厉风行取代。

在居尔，6800 名女囚眼睁睁看着坚不可摧的德国克虏伯钢丝网拔地而起。

在居尔，6800 名女囚迎来了另外 6800 名犹太女人，后者被一名迅速崛起的年轻党卫军军官从巴登和普法尔茨巧妙地运送过边境，分毫不差地送达居尔。

此军官名叫阿道夫·艾希曼*。

为奖励艾希曼长官安全高效地转移重要敌方污染物，请接受此枚至高无上的勋章！

为国效劳。

* 阿道夫·艾希曼（1906—1962），德国党卫军军官，负责火车准点抵达集中营，并确保火车上载满犹太人。

徒 步

为遮挡南法灼热的阳光，我裹上当地人的"居尔式"头巾，出发了。

数十名从类似拘留营逃出或获释的女人，面无表情、漫无目的地走着，试图领先变化无常的政治命令一步。

犹太人真坏。

犹太人不坏。

BLAH BLAH BLAH·

BLAH BLAH D' BLAH···

她们心里惦记着自己失散的丈夫、孩子、父母、朋友、恋人……

我走啊走。不知过了多少个日子，走到一个名叫蒙托邦的小村子。

有人突然从背后把我一把托起，抛向空中。当我落地时……

被吻得窒息。

布吕歇！我以为他们杀了你。你怎么知道我在这里？

我不知道。

我以为他们杀了你。

有消息传来，称朋友们在马赛远郊找到一个藏身之处。

我们一进门，就受到了热烈欢迎。

瓦尔特！

玛莎！

我们现在唯一能做的，是等待时机离开法国，可就连这点希望也变得日益渺茫。

所以你的意思是，我需要一个出境签证、一个入境签证和一个过境签证？

没错，瓦尔特。

跟所有逗留在葡萄牙和西伯利亚之间的犹太人、吉卜赛人、同性恋者、天才、白痴和骗子一样。

地中海上注定要毁灭的雅典

马赛，位于欧洲大陆的南端，除了签证处，这里还汇聚了众多码头、咖啡馆、酒吧和妓院，凝结了欧洲最好和最坏的一面。这里距离我们藏身的地方有 40 公里之遥，而签证处的开放时间却随心所欲、难以捉摸。

每当签证处偶尔开放的时候，总有一群各式各样的家伙排队，等待他们获得自由的机会。

①阿瑟·库斯勒（Arthur Koestler, 1905—1983），犹太裔匈牙利作家，曾是共产党人，他写于 1940 年的小说《正午的黑暗》是对阿伦特后来所概括的"极权主义"的早期批判。②克洛德·列维-斯特劳斯（Claude Levi-Strauss, 1908—2009），犹太裔法国人类学家，因将"结构"理论系统化而受到赞誉。该理论认为，人类行为的深层基因是远远早于口头和书面语言范畴的原始语言。他从马赛经由马提尼克岛，成功逃到纽约。③弗朗茨·韦尔弗（Franz Werfel, 1890—1945），犹太裔奥地利作家，是对土耳其 1915 年在亚美尼亚进行种族大屠杀的早期记录者，其小说《伯纳黛特之歌》被好莱坞拍成电影，讲述了一个圣女的故事。他与卡夫卡亦师亦友。

④安德烈·布勒东（André Breton, 1896—1966），法国作家，超现实主义创始人，他称超现实主义是纯粹的精神无意识。⑤亨利希·曼（Heinrich Mann, 1871—1950），德国作家，1933 年逃亡。他写于 1915 年的《论左拉》是在一片沙文主义的喧嚣中，对德国在一战中侵略行径的隐晦抨击。⑥瓦里安·弗莱（Varian Fry, 1907—1967），美国记者，曾通过一个秘密救援网络，成功帮助近四千名犹太人和其他受迫害者逃出法国。⑦安德烈·马松（Andre Masson, 1896—1987），法国画家。⑧利翁·福伊希特万格（Lion Feuchtwanger, 1884—1958），犹太裔德国作家，在严厉鞭挞纳粹的同时，也因对斯大林的作为视而不见而遭到质疑。

随着纳粹的绞索愈勒愈紧，滞留在此的超现实主义者们出于绝望，滋生出各种诡异的沙龙。画家安德烈·马松想出一个令人毛骨悚然的消遣方式。

我把一只雄螳螂和一只雌螳螂放到一起。

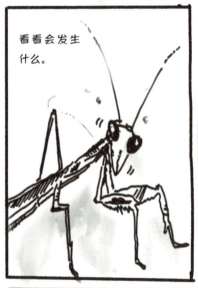

看看会发生什么。

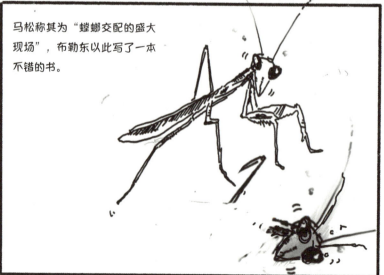

马松称其为"螳螂交配的盛大现场"，布勒东以此写了一本不错的书。

适合全家人的健康娱乐！

随着一个个主权国家陆续落入纳粹之手，在我们的庇护所里，毫不奇怪，焦虑的时光交给了阅读。

布吕歇开始重温康德。

本雅明一边研读他的挚友肖勒姆的《犹太神秘主义主流》，一边狂热地推进自己的绝密写作计划。

你不介意吧？

不可否认，我的阅读计划相当古怪。

法国反犹主义的根源是温和、文雅、非犹太的……

普鲁斯特

嗯……列宁*从冯·克劳塞维茨**那里预知了民族国家的瓦解。妙极了。

冯·克劳塞维茨

战争论

然而，最反常的，恐怕是我对低俗侦探小说的痴迷。

MAIGRET CHERCHE UN

---

* 弗拉基米尔·列宁（Vladimir Lenin, 1870—1924），俄国无产阶级革命家，童年过着中产阶级的体面生活，后来致力于以激烈的方式改变世界。

** 卡尔·冯·克劳塞维茨（Carl von Clausewitz, 1780—1831），普鲁士将领，军事理论家，强调战争的心理本质。他的《战争论》以及"战争是以另一种手段推进政治"的观点至今仍被人研究。

玛莎从菜市场带回新消息。

我刚从库斯勒太太那里听说，只要一块金表的价钱，西班牙登山向导就能偷偷带你通过隘口逃出法国。

甚至连食物和给边防的贿赂金都包含在内。

本雅明看了一眼自己手腕上的劳力士表，那是他父亲因他加入共产党而与他断绝关系之前送给他的。

我还是不明白。

什么？

我不明白，为什么我就不能跳过这漫长的等待，直接去找自由法国政府申请签证呢？

我的意思是，这里依旧是法国，不是吗？我可认识不少重要人物啊。

我跟索邦大学*校长和法国国家图书馆**馆长都很熟。

他们都是文化人，还是法兰西学院***院士。

*** 法兰西学院成立于 1635 年，是法国学术界的最高权威，由限额的 40 名院士组成，这些院士代表着法国最杰出的知识分子精英，被称为"不朽者"。

120

* 法国最负盛名的大学，集牛津、哈佛、剑桥、普林斯顿、斯坦福和麻省理工于一身。
** 法国国家图书馆建于 1461 年，拥有世界上最丰富的中世纪和现代手稿珍藏。

瓦尔特。

我最亲爱的瓦尔特。

你还记得柏林的希法亭和布莱特沙伊德吗?

好像有点印象。

希法亭是《社会》杂志的主编,布莱特沙伊德是威廉王子医院的外科主任。

希法亭　　布莱特沙伊德

他们坚持留守德国,直到水晶之夜*发生以后……

……他们才像你一样,逃到巴黎。

跟你一样,他们也拿到了美国的精英入境签证。希法亭的由 CBS 新闻台担保,布莱特沙伊德的由哈佛医学院担保。

---

* "水晶之夜"也称"碎玻璃之夜",发生于 1938 年 11 月 9 日,这天夜里,纳粹暴徒(以及德国和奥地利的普通百姓)对犹太人的店铺和私家住宅进行了烧杀抢掠。

可是，他们仍然需要法国的出境签证。

朋友们建议他们伪造证件或者贿赂官员。

要么造假，要么去死。

但是这两位杰出的亲法人士不同意。

我们拒绝使用这种伎俩。

他们选择相信法国人的善意、正直和人道。

DROITS D L' HOMME! *

* 天赋人权

六个月后……

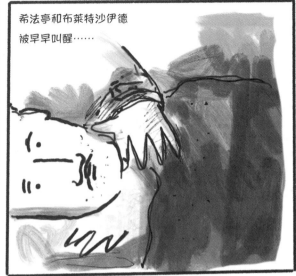

希法亭和布莱特沙伊德
被早早叫醒……

他们被带到自由法国和占领区
之间的一片荒地上……

被绑到两根柱子上……

蒙上了双眼……

天冷极了。

对于法国东部七月份的清晨而言，冷得出奇。

无论我做什么，都无法屏蔽周遭的现实世界。

汉娜，听好了，我得到非常可靠的消息。签证处明天开门，然后就永久性关闭。或者是明天开门，然后关闭五个星期，然后再开两个小时，然后就永久关闭，还是……算了，无所谓。无论如何，我们需要赶紧行动。立刻马上。我们一定要抢到最前头。凌晨五点才有公车。

卡夫卡*也会被我的现实世界搞晕。

就在我们准备出发的时候，本雅明蹑手蹑脚地凑了过来，递给我一叠包得严严实实的手稿。

我想把这个给你。

这是什么？

我这辈子写过的最好的东西。我想请你收下。

哦，有一点很重要：无论发生什么，只有在**适当的时刻**，你，只有你，才可以读它。

为什么？就连你，瓦尔特，也没说清楚。

我终于做到了。我终于把卢里亚**喀巴拉神秘主义与海德格尔和胡塞尔的现象学糅合到一起，并添加了一抹保罗·克利。

仅限汉娜·阿伦特亲阅

瓦尔特
本雅明

**　以撒·卢里亚（Isaac Luria，1534—1572），出生于耶路撒冷，父母是德意志人。犹太拉比，神秘主义者；喀巴拉学派的主要人物，其著作被称为卢里亚喀巴拉体系，它徘徊在神圣至与颠覆之间。

*　弗兰茨·卡夫卡（Franz Kafka，1883—1924），犹太裔捷克德语作家，因其寓言故事将幻想、现实、神话、环境和命运完美地融为一体，被誉为现代文学的开山鼻祖。他提出并回答了如下问题："我想知道，假如有一天早上，我醒来发现自己变成一只巨大的甲虫，会怎样？"

千万记住，只有在适当的时刻才能打开。

可我怎么知道？

你会知道的。

我把手稿塞进包里，随后便与布吕歇骑车上路了。我们答应，一定会帮玛莎和瓦尔特拿到证件，然后回来与他们会合，一起逃走。

第二天清晨，玛莎醒来的时候，瓦尔特不见了。

她或许以为，他会在最后一刻加入我们。然而事实并非如此。假如她能望见东边 40 英里以外的地方，她准能看见一个嘴里叼着烟斗、手腕上没戴表的驼背小人，正呼哧呼哧喘着粗气，拖着两个大行李箱，在比利牛斯陡峭的山路上艰难前行。

经过一整天的漫长等待，夜里 11:30 的时候，我们帮玛莎和瓦尔特成功拿到了出境签证。

天色已晚！我们在这里过夜吧。

好吧。

我们找到一家未曾住过的旅馆。保险起见，我们化名登记入住。

晚上好，笛卡尔先生、夫人。

我睡不着。

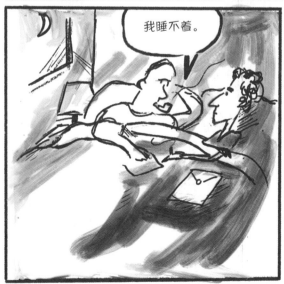

我也睡不着。

* 指西奥多·阿多诺。

有重要信件给笛卡尔先生。

他们盯上我们了。快穿衣服。

现在？

布吕歇，仔细听好了。

首先……

然后……

再然后……

最后……

你放钥匙的时候，千万别被人发现。

还有，抓紧时间，条子们*肯定已经往这儿赶了。

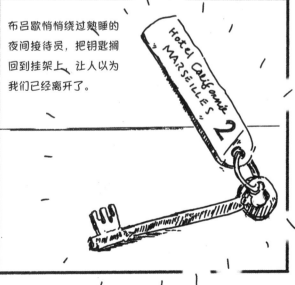

布吕歇悄悄绕过熟睡的夜间接待员，把钥匙搁回到挂架上，让人以为我们已经离开了。

* 黑话，指警察。

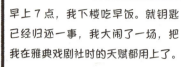

早上7点，我下楼吃早饭。就钥匙已经归还一事，我大闹了一场，把我在雅典戏剧社时的天赋都用上了。

您的钥匙，笛卡尔夫人。

什么叫我的钥匙？我丈夫到底在哪儿？

他不在房间，我们的房门没锁，我简直受够了！

我不明白您在说什么。

你知道，肯定知道。

你让警察把他抓走了！

夫人，我向您保证，没有这种事发生。

我受够你的鬼话了！我现在就去警局找他！

说完，我便高调走出旅馆，朝警局的方向走去。下一个路口，我调转方向，朝火车站跑去。等警察赶到旅馆时，我和布吕歇应该已经在去里斯本的路上了。

……到底怎么回事？

HOTEL

波　港

正当我疾步走在昏暗的小巷里时，一个熟悉的声音叫住了我。

汉娜！大清早的，你这么着急赶去哪儿啊？

谢天谢地，是你啊，瓦里安*。我要去永康**。

原来如此。

瓦里安，你能确保把这张签证给我母亲吗？这是给瓦尔特的。

你听说了吗？

我刚得到消息。

你能相信吗？

相信什么？

瓦尔特在西班牙边境自杀了。

看来他真的有试着逃跑……这个傻瓜。

早一天，晚一天，那里都不会有警卫。

可偏巧那天在，然后他给吓坏了。

---

*　瓦里安·弗莱，见第 117 页注。
**　密语，代表无法言说的事情。

他提着两个大行李箱。

他总是运气不好，这个本雅明。

假如他再等等，我就把签证给他弄到手了。

这场该死的战争。

具体在哪里发生的？

波港。

你听说过吗？

西班牙边境的一个鬼地方。

在那种地方结束生命。

我想吐，手里更紧地攥着本雅明给我的包裹，朝火车站飞奔。

布吕歇已经等在那里了，手里拿着车票。

开往里斯本的火车缓缓开动。

我说不出话来，布吕歇对我足够了解，没有打扰我。

检票!

停。

这趟车在波港停吗?

检票员离开后，泪水打湿了瓦尔特给我的包裹，仍未拆封。

马赛

波港

里斯本

非洲

是时候了。

里斯本成了欧洲最后一个出口。

逃难的人们望着夕阳。

争先恐后地登上下一艘船，
无视水面上的危险……

以及水下的。

瓦里安把签证成功送到了玛莎手里。她顺利赶到里
斯本，与我们一同熬过了漫长、紧张、闷热的夜晚，
等待船只启航。

妈，晚安。

真搞不懂你们
怎么能咽下那
些垃圾*。

我们学着享受大沙丁鱼和无味的桑格利亚汽酒带来
的乐趣。

布吕歇，我只是好奇，
假如我们的船被鱼雷击
中，而救生艇上只剩下
最后一个座位，你会坐
上这个座位吗？

*　Dreck，意第绪语。

母亲大人跟我们一起吗？

只有我们俩。

别拿问题回答问题，否则我要采取非常手段了。

你很清楚我不会游泳。

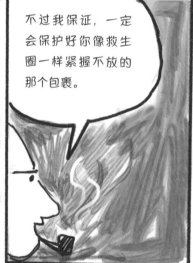

不过我保证，一定会保护好你像救生圈一样紧握不放的那个包裹。

你这个迷人的德国混蛋。

黎明时分，一张熟悉的面孔凑了过来，喜形于色。

汉娜，布吕歇，你们这对鸳鸯还没分开啊。

马克·夏加尔！

我不知道你也在里斯本。

我之前不在。

夏加尔把剩下的桑格利亚酒倒进嘴里。

瓦里安帮我搞到逃出法国的最后一张签证。

对了，你那位命途多舛的可爱朋友本雅明怎么样了？

不得不说，我爱死那个疯子了。

你没听说吗？

于是，我向夏加尔讲述起瓦尔特的遭遇，把我们在波港停留期间的所见所闻尽量拼凑到一起。

他如何拖着装满《拱廊街计划》的大皮箱翻山越岭，他如何称那些材料比他的生命还宝贵。

当他在边境滞留时，他如何不再相信还有明天。

他如何只相信自己手里的那一大把吗啡片。

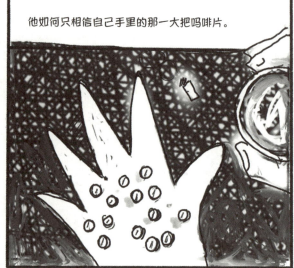

我和布吕歇如何找遍了波港，却发现他被葬在一个纯天主教徒的公墓里，姓名模糊。

夏加尔原本炽热的眼神蒙上了一层阴影。

这位艺术家神情恍惚地走向朦胧的晨曦。

我放下酒杯，点燃一支烟，拆开了本雅明手稿上被弄脏的细绳。

我开始从头读给布吕歇听。

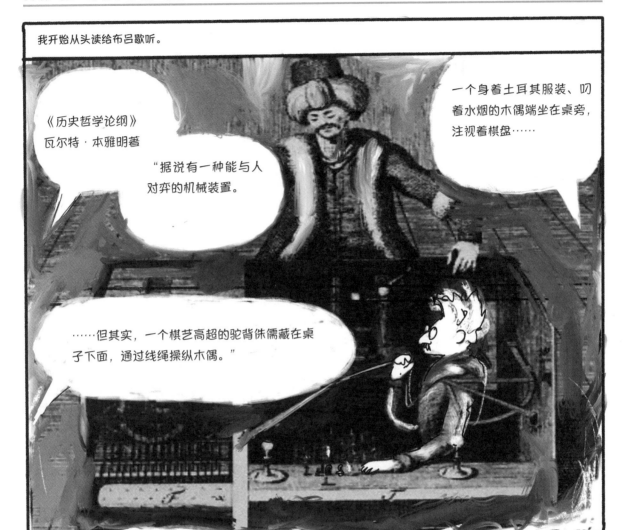

《历史哲学论纲》
瓦尔特·本雅明著

"据说有一种能与人对弈的机械装置。

一个身着土耳其服装、叼着水烟的木偶端坐在桌旁，注视着棋盘……

……但其实，一个棋艺高超的驼背侏儒藏在桌子下面，通过线绳操纵木偶。"

天啊，布吕歇！他竟有胆量用这样一句话开篇。

读着读着，我和布吕歇意识到，这不仅仅是一篇论文，还是一种前所未有的存在架构。

"你若如此看待哲学，那个'神奇'的木偶则是历史唯物主义，它战无不胜，但有一个重要前提……"

"即，木偶只有被神学——真正的神秘主义——的线绳牵引，才会战无不胜，而众所周知，后者又小又丑，必须隐藏起来。"

他到底在说什么？

我不知道。

从这一刻起，我和布吕歇轮流给对方读整篇文章，一遍又一遍。甚至当船终于启航、我们找到床铺时，也没有停下。

我们读懂的越多，知道的越少。

我们只在用餐时暂停片刻。

哦，对了，我一直没有机会问你，在马赛，你是怎么想出那个绝妙的逃跑计划的，又是悄悄还钥匙，又是在旅馆里大吵大闹。

哦，那件事呀。

我们深陷在瓦尔特的咒语里，几乎没有注意到……

我们的船正驶入纽约港。

"历史天使的脸……

……转向过去……

看着灾难的残垣断壁越堆越高直逼天际。

可是从天堂吹来一阵风暴，它无可抗拒地把历史天使刮向……

……他背对着的未来。"

"这场风暴就
是我们所称的

进步。"

143

汉娜的第三次逃离

纽约

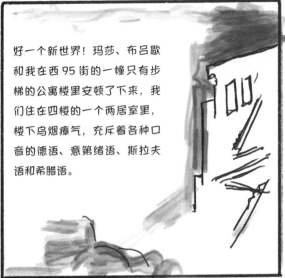

好一个新世界！玛莎、布吕歇和我在西 95 街的一幢只有步梯的公寓楼里安顿了下来，我们住在四楼的一个两居室里，楼下乌烟瘴气，充斥着各种口音的德语、意第绪语、斯拉夫语和希腊语。

纽约的无尽挣扎的日常生活，给了我们一个温暖的拥抱。

嘿，姐妹儿，快点成吗，身上绑铅了！

我不是你姐妹，身上也没绑铅。

德国佬！

欧洲前线传来的消息依旧不容乐观。

后方的情况也好不到哪儿去。

布吕歇，汉娜已经找着工作了，你就屁股*长板凳上干等吧。

读尼采能找到工作吗？尼采又不付房租！

玛莎，我在找。

不行！

老天啊！我从没见过这么多账单，水费、煤气费、取暖费、电费、电话费……

妈，如果你想骂他，至少用地道的英语骂吧。

---

* Tuchus，意第绪语。

为了提高英语水平，也为了赚点钱，我在马萨诸塞州给几个熊孩子当保姆。

布吕歇终于找到一份工作，在新泽西州的一家塑料厂里铲化工品。

而我则习惯了室外抽烟的美国风俗。

在新英格兰的凉爽长夜里，每当大家坠入梦乡，我的思绪便飘回马堡。

思念是远在天边、近在眼前的煎熬。

你我携手，定能
寻到真理

我们完全有能
力，成为柏拉图
洞穴＊里最先看
透影子的人

唤醒永恒

我们定能把握
死亡的光辉，
令其重新彰显
意义

汉娜，不要畏
惧你的才华

我们将无所不能

＊　在这个故事里，柏拉图向我们描述了，我们所能"看见"的终极现实何以只是存在的真正"理式"所投下的影子。
换言之，此生中的我们，与大写的"真理"仍相距甚远。

我终于在布鲁克林学院找到一份教书的工作。

奥古斯丁　柏拉图

每天三小时的通勤路上，我对海德格尔的遐想渐渐被娜塔莉·法卡斯的身影——如果是她的话——取代。

我向《建设》周刊——一份为流亡美国的德国犹太难民创办的德语杂志——投了第一篇稿。

汉娜
阿伦特

《建设》杂志
编辑部
纽约市 12
纽约州

在这篇文章里，我呼吁成立一支国际犹太联合军，以抵抗希特勒。

文章在上百老汇大道两旁的咖啡厅和熟食店里引起不小的轰动。

黑森林咖啡馆

洁食*

* 符合犹太人饮食习惯的食物或饮品。译注。

* Tsuris，意第绪语。

** 萨罗·巴伦（Salo Baron，1895—1989），波兰裔犹太人，被公认为 20 世纪最伟大的犹太教历史学家，精通二十余种语言。
1929 年被聘为哥伦比亚大学犹太历史与文学教授，这标志着美国主流犹太研究的开始。

151

巴伦教授，阿伦特小姐到了。

请她进来，桑迪。

啊，文明。

抽烟吗？

阿伦特小姐，我饶有兴趣地读了您关于组建犹太军队的呼吁。

是好兴趣呢，还是坏兴趣？

不得不承认，作为一名不知名大学的不知名难民兼职教授，您胆子还真不小*。

请别误会，巴伦教授。你我能在这里，而不是在大洋彼岸，无疑是我们的福气。尽管如此，我始终坚信，一个人若因其犹太身份遭到攻击，这个人必须以犹太方式自卫。

别忘了，在整个人类史上，我们犹太人从未因纯粹的政治行动团结起来过，当然沙巴泰·泽维**除外。

您应该知道他的下场。

自然知道。不过，只要想想他的追随者们曾采取过何种政治行动。

---

* Chutzpah，意第绪语，有"大胆狂妄"之意，最经典的例子是，一个人杀死了自己的亲生父母，却因变成孤儿而请求宽大处理！

** 沙巴泰·泽维（Sabbatai Svi，1626—1676），塞法迪犹太拉比，喀巴拉神秘主义哲学家。曾自称救世主弥赛亚，吸引过众多来自各地的追随者，直到一位持怀疑态度的哈里发（caliph）以处决相威胁，致使他皈依伊斯兰教。

在继续讨论之前，有件事我必须问您。

请问。

我从您的简历上读到，您曾在马堡师从马丁·海德格尔。

没错。

他是个出类拔萃的人，不是吗？

是的。

但也是个纳粹分子，您应该知道的。

是的。

容我插一句话，巴伦教授，鉴于在他门下还有许多其他犹太学生，像施特劳斯、约纳斯、马尔库塞、列维纳斯……

我没有谴责您的意思，我只是想了解您。

阿伦特小姐，总有一天——我希望很快——我们会赢得这场战争。您认为一个人有可能被"去纳粹化"吗？

不是所有人，但有些人可以。只是，唯有当犹太人作为政治世界的政治行动者，并最终获得他们应有的政治地位时，才有可能。

是的……

您知道吗，我相信，现在是新犹太人登场的时候了。

而这种新犹太人只能来自我们对自身历史的新认识。

当然，教授先生，现在是犹太人打破对历史苦难喋喋不休的叙述、采取一种更符合历史真相的观点的时候了。

您说得再好不过了。

这是您自己说的。

我知道。

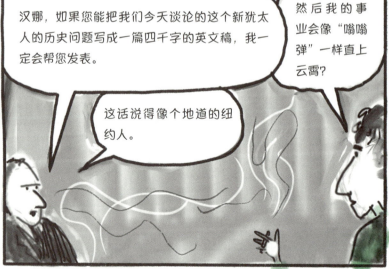

汉娜，如果您能把我们今天谈论的这个新犹太人的历史问题写成一篇四千字的英文稿，我一定会帮您发表。

然后我的事业会像"嗡嗡弹"一样直上云霄？

这话说得像个地道的纽约人。

我牢牢把握住机会。

夜复一夜，我最后一个离开纽约公共图书馆。

我在火车上写，在教书时写，就连做饭时也在写。

汉娜，鸡蛋！

从普鲁斯特*到冯·克劳塞维茨，从本雅明到马克思**，以及圣奥古斯丁，所有这些人都在我脑袋里打转。

我盯着天花板上的裂缝思考。

可是，玛莎，昨晚也是我洗的碗。

嘘……她正在为哥伦比亚大学的萨罗·巴伦教授先生做一个非常重要的项目。

---

* 马塞尔·普鲁斯特（Marcel Proust, 1871—1922），犹太裔法国小说家，也许是受到胡塞尔的影响，创作了意识流文学巨著《追忆逝水年华》。

** 卡尔·马克思（Karl Marx, 1818—1883），犹太裔德国哲学家，定义了共产主义，阐述了历史的终结。

终于。

完

我才不管上班迟不迟到，我现在就去哥伦比亚大学,亲手把文章交给巴伦,让他当着我的面读。

给您。

真他妈精彩！

哦，不好意思……

最令我激动的是，您的文章不关乎法国，而是关乎德国。但其实，它与德国也无甚关系，它关乎的，是整个世界。

您所表达的是，反犹主义归根结底是反民主义（anti-peopleism）。

在恭顺的犹太人这个形象上，您不只是轻咬了一口，您简直把它啃到了底。

多谢，萨罗。

汉娜，您应该知道，讲这种真话会引起很多人反感。

但愿如此。

我的文章非但没招致反感，反而引起了轰动。

终于有人讲真话了。

天才之作！

熟食店

巴伦的《犹太文化研究杂志》在报摊上供不应求。

抱歉，老兄，刚卖掉最后一本。你对《读者文摘》感兴趣吗？

书报亭

随之而来的知名度帮我谋得舍肯出版社（Schocken Books）编辑一职。

先生们，我真心认为，我们应该把卡夫卡和本雅明引进美国。

SCHOCKEN BOOKS

于是，我有机会同纽约知识界精英们共处一室，与他们 * 唇枪舌剑。这些精英包括：①欧文·豪，②菲利普·拉夫，③悉尼·胡克，④克莱门特·格林伯格，⑤德怀特·麦克唐纳，⑥阿尔弗雷德·卡津，⑦戴尔莫·施瓦茨，⑧莱昂内尔·特里林，⑨丹尼尔·贝尔。

①欧文·豪（Irving Howe，1920—1993），犹太裔美国作家、评论家，生于纽约布朗克斯区，本名欧文·霍伦斯坦。②菲利普·拉夫（Philip Rahv，1908—1973），犹太裔美国作家、编辑，生于俄罗斯，《党派评论》创始人，最先在美国译介卡夫卡的主编之一。③悉尼·胡克（Sidney Hook，1902—1989），犹太裔美国哲学家，青年时期信奉共产主义，后来强烈谴责斯大林的极权主义。④克莱门特·格林伯格（Clement Greenberg，1909—1994），犹太裔美国艺术评论家，杰克逊·波洛克及其他美国抽象表现主义艺术家的主要发言人，由此将世界现代艺术中心从巴黎转移到了纽约曼哈顿。⑤德怀特·麦克唐纳（Dwight Macdonald，1906—1982），美国著名评论家，与《时代》周刊创始人亨利·卢斯是同窗好友，迅速跻身美国最具影响力的严肃作家之列。因《财富》杂志对他撰写的一篇批评美国钢铁公司的檄文大加修改，与卢斯分道扬镳。

⑥阿尔弗雷德·卡津（Alfred Kazin，1915—1998），犹太裔美国作家，从纽约布鲁克林贫民窟崛起，对美国文学界的影响根深远，主要记录移民的普遍经验。⑦戴尔莫·施瓦茨（Delmore Schwartz，1913—1966），犹太裔美国作家，从家庭创伤中挖掘深刻尖锐的故事，史上最年轻的博林根诗歌奖得主。犹太裔美国摇滚巨星娄·里德曾是他在雪城大学的学生。⑧莱昂内尔·特里林（Lionel Trilling，1905—1975），犹太裔美国作家、评论家，作品涉及书籍、戏剧、音乐等各个领域。他是一名自由主义者，但是反对斯大林主义的极左派，认为自由主义应当"承认个体存在的价值，包括其多样性、复杂性和困难性"。⑨丹尼尔·贝尔（Daniel Bell [Bolotsky]，1919—2011），犹太裔美国社会学家，哈佛大学教授，提出"后工业社会"概念，强烈批判后工业社会的来临。

* 没错，这些都是男人。

虽远在大洋彼岸，但英勇的美国人民仍倾力相助。

德卢斯影院经理动员捐纸运动。

只要山姆大叔说老吸血鬼电影海报能打败希特勒，我们就捐老吸血鬼电影海报！

奥马哈保险代理们满天搜寻德国轰炸机。

那是架容克斯A17，还是只美洲鹫？

我像着了魔一样疯狂写作。然而，经历了三年静坐战和笔墨战，情况有了变化。

关于纳粹在战场后方秘密筑起毒气灭绝营的消息，悄悄登上报纸的最后几个版面。

无论雪松酒馆的常客，还是布吕歇，甚至我，没有一个人相信这些话。

你怎么看？

即使希特勒和他的走狗，也绝干不出这种事。

纯属造谣。

舆论宣传。

他们毕竟是专业人士。

听我说，汉娜，我同德国人并肩作过战，也同德国人打过仗。

想想冯·克劳塞维茨会批准这种事吗？不可能。

德国军方是绝对不会同意的。从战术角度看，资源分流完全不合逻辑。这些报道纯属骗局。人类不可能做出这种行径。

然而，到了 1943 年夏，工业化死亡工厂的存在已铁证如山。

一道深渊出现了。

一道无法逾越的鸿沟横亘在过去与现在、之前与之后、彼时与此时之间。

宇宙的裂痕。

当我还在苦苦思索，我所钟爱的德语是如何被扭曲成毒气室，以及爱因斯坦智识上的后裔如何延用歌德和席勒的语言，制造出可以毁灭整个地球的机器时，德国垮台了，随之而来的，是其原子能项目的垮台。尽管如此，为了不让优秀的科学成果付诸东流，仅在可怕的两纳秒内，两颗原子弹摧毁了两座日本城市，并由此终结了战争。深渊越裂越深。

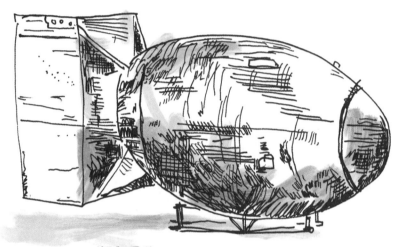

"胖子"

令长崎 80000 人丧生

"小男孩"

令广岛 146000 人丧生

没错，战争胜利了。但于我而言，它仍在肆虐。我无法无视传统的断裂。我必须理解。必须找到答案。

地球上出现一股力量，它让人吞噬自己的自由，同时，又将他人推向坟场。

它是何物？它如何运作？为什么？

地球上有一股新势力被激活，它剥夺了人之为人的一切。

摩西·波梅兰克的沦落

1.

我只要努力干活，就能获得自由，就能见到妻女，她们就在隔壁营地。看守说，我们甚至能获得探视权。

2.

我想，我只需多努力一点。施坦因，他受不了了，所以他们把他送去另一个营地了。埃塔的生日好像快到了。

3.

我吃了一只死耗子。味道不错。我保证下次一定把它留给埃塔吃。我只要再继续努力一点，也许就能见到她。

4.

我眼睛看不见了。我的两只脚还在吗？

曾经的答案无声无息，

于是，我钻进树洞。

我想起本雅明如何从细节的海底"采珠"，以找寻深渊起源的痕迹。

于我而言，站在废墟上，仅描述我们认为发生了什么，这是不够的，我们更需要毫不留情地揭发实际上发生了什么，只有如此，我们才能理解人类如何一步步走向这般地狱，不仅限于纳粹德国。

既然这是一种新现象，所以，很明显，没有一个现有词语可以描述它。因此，我需要生造一个新词。我称这股被激活的新势力为——

极权主义

就像火焰离不开氧气，极权主义的氧气是谎言。

在将现实融入谎言之前，极权主义头目所传达的信息无外乎对事实的无情蔑视。

他们坚信，事实完全取决于编造者的权力。

我对这一切的审视、思考和写作，最终汇集成一本 576 页的书。此书征服了全世界。

《极权主义的起源》
汉娜·阿伦特 著

畅销书

因为既批判了纳粹，又谴责了"极左"，我成了一名战后英雄，与杰瑞·刘易斯*和米奇·曼托**齐名。我甚至还变成了美国公民。

虽然没入选《时代周刊》的"年度风云男性人物"，但我作为"普林斯顿大学首位女性正教授"，登上了《纽约时报》。

有什么可大惊小怪的，我又不是普林斯顿首位人类正教授。

他们就不能把我的照片放大一点吗？

* 杰瑞·刘易斯（Jerry Lewis, 1926—2017），犹太裔美国喜剧演员、电影制片人。本名约瑟夫·列维奇。设计过史上最早的摄像辅助设备，在很大程度上奠定了现代电影的制作技术。

** 米奇·曼托（Mickey Mantle, 1931—1995），美国棒球巨星，被誉为史上最伟大的左右开弓球手。

阿伦特女士,欢迎来到今天下午的电台节目。恕我直言,您的书不够正统。

您不认为它太冗长、太诗意、太冲动、太纪实了吗?它是哲学、戏剧,还是文献?

说得没错。

直播

《极权主义的起源》被译成四十余种语言……

……似乎没有一种是海德格尔能读懂的!

他杳无音讯。

也许我的思考还不够深,不够远?

萨罗·巴伦邀我加入一个学者团队,其使命是:回到被鲜血染红的欧洲,整理出一份"轴心国占领区犹太文化宝藏暂定清单"。我无法拒绝。

海德格尔的林间小屋

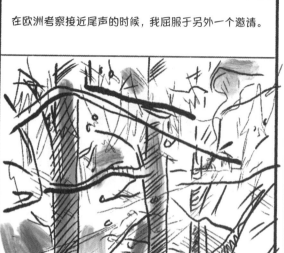

在欧洲考察接近尾声的时候，我屈服于另外一个邀请。

我踏进古朴依旧的黑森林。

在托特瑙山的一个偏远小镇外，海德格尔在他的"林间小屋"里等着我。

* 相当保守的描述。

* Dasein，那个不言自明的实体，"我即此实体"，那个被抛掷的"事物—东西—存在"，那个走来走去做事情的实体，即，你。

她仍令我神魂颠倒。

他的眼里是什么? 是爱, 欲望, 还是谎言?

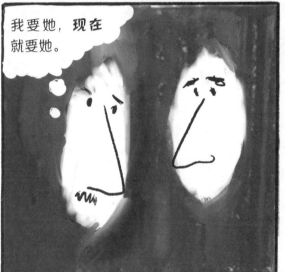

我要她, 现在就要她。

不!

汉娜, 你是他们当中最聪慧的那个。

你和我, 我们携手, 可以拥有揭示真理的力量, 一劳永逸地解释一切。此真理比这山还高, 比这树还大。它是语言背后的真理。你和我, 我们携手, 可以拥有理解"此在"的力量。理解存在的意义。此真理将我们的感受与存在相连。

她连一句道歉的话也没说！纯正的德国女人肯定比她懂规矩。

再见，汉娜。

埃尔福丽德，我现在要去工作。不要让人打扰我。

只要那个犹太女人能让他快乐，给他灵感，我有责任成全他们。

我在渴望的深渊里挣扎。我时常渴望能用手指拂过你卷曲的头发。特别是当你透过那深情的照片，直视我心底时，犹如你在马堡课堂上投向我的目光。它的光芒……让女人的柔情……显露……

无国籍的状态不适合玛莎。

我恨纽约。

这里的果馅卷像砖头。

满大街德国佬。问题是他们站哪边?

一群前纳粹。东86街*简直是Bund**集会地。

汉娜一走,布吕歇就耍小把戏。

我的整个世界迈不出西96街和西110街。

我讨厌热狗。

我讨厌苹果派。

我讨厌雪佛莱。

*　别称"酸菜大道"。　　**　美国纳粹党。

我再二、再三、无休止地探寻和求索，以我自己的方式，不但去理解深渊"如何"形成，更去理解它背后的"为什么"。

我逃离纽约，独自来到佛蒙特州。在一幢偏远的林间小屋里，一堆纸片散落在我的打字机下。

每隔一天，我都会开车进城去买烟，并尽我的义务，与玛莎通一次电话。

每日我都在纳闷，马丁为何拒绝承认他与纳粹有染的过去。

纳粹与整个西方文明没有不同，它们都遭到了现代工业技术的玷污。

我原本以为纳粹统治会带来革新，但我很快便敬而远之。只是，我若公开抵抗，我的家人会受到牵连。等到 1945 年，我又无心把自己同其他人混为一谈，因为那会是廉价的抵赖。

诸如此类，有的没的，废话连篇……

突然有一天，我收到一封电报。

西部联合

玛莎妈妈前往伦敦，暂作停留，
与继女住在一起

汉娜，相信我，这不是你的错，但我需要在这个世界上，找到我自己的家。继续你的工作。亲爱的，我爱你。

三天后，另一封电报打断了我。

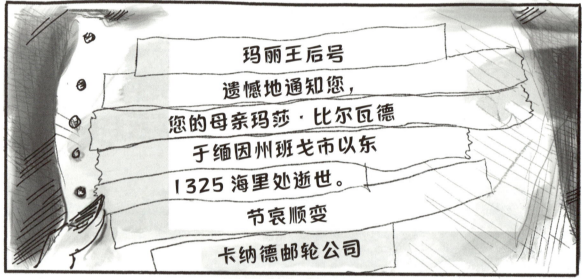

玛丽王后号
遗憾地通知您，
您的母亲玛莎·比尔瓦德
于缅因州班戈市以东
1325 海里处逝世。
节哀顺变
卡纳德邮轮公司

你看，马丁，这就是你要的答案，你要的死亡。

你说真理来自死亡。

高兴了？

死亡不会给予任何东西，马丁。它只会带走。

它带走你爱的人。

它让你孤独。它不是真理，它是谎言。

你发出一个信号，它飘到海的中央……

然后永远沉入了海底。

《起源》呈现的是"邪恶如何发生"，而我现在要挖掘的，是它"为何"发生。

《起源》一书让我们得以搬到上城区，住进一套有门卫、有电梯、五室两卫的高级河景公寓。

我决定在这里安营扎寨，破解深渊产生的根源。

我的总部是一张沙发。我的方法是抬头研究天花板上的一条裂缝。

并与我唯一真正信任的对手辩论。

汉娜 vs. 汉娜

深渊是真实存在的。

但是换了个地方。

为什么？

的确如此，但我们仍在这个世界上。

我们是怎么来到这儿的？

是的，为什么？

传统不只是破碎了，它支离破碎。它的头发被剃光，它的灵魂被碾碎，它的存在被送进禁闭室并被灭绝。

我们为何还能活着？

汉娜。

布吕歇，我告诉过你，不要打扰我！

汉娜，往上看。

啥？

沙发顶上的天花板上有一摊水渍，形状像瓦尔特·本雅明？？？

肖勒姆确实常说，你很直观。

是你在说话?

嗯哼。

所以,听好了。如果一个看似瓦尔特·本雅明的水渍开始跟你讲话,最好别走神。

洗耳恭听。

你之所以不懂"为什么",是因为你不自由。

你是一个囚徒。

可我正在努力做哲学家的工作啊。寻找真相。语言背后的真相,黑暗的起源。

为了解放所有人,并理解一切。

啊哈,问题正出于此。

你"抓住"了我和肖勒姆早在20年代初对《光明篇》*的挖掘吗?

我到底跟一摊水渍争论什么?我就说怎么中午的白鱼沙拉味道怪怪的。

* 犹太教神秘主义典籍。

何以如此?

这样想吧:假设世上只有你一个人,那么,你可以完美地预测未来。你想到什么,就去做什么,然后事情就完成了。

但有一个小问题:你不是世上唯一一个人。全世界有各式各样的人。她/他们使用不同的语言,想着不同的问题,做着不同的事。这样就很难预测未来了,不是吗?

那你又如何解释两个相爱的人?他们知道对方在想什么,他们是一体的。

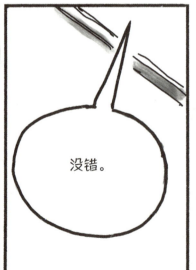

没错。

恋人有自己的语言。一种超越词语的连结。

它是亚当和夏娃在被逐出伊甸园前的私密语言。

激情的私密语言。

但激情是真实存在的，瓦尔特，这一点你应该最清楚。

没错，激情的确存在，它属于私人领域，存在于恋人、家庭和挚友之间的私人空间。但是，如果你把激情的私密语言与公共空间里每个人对其他人所说的公共语言混为一谈，那么，一切就都乱套了。

为什么？

这个问题你得自己去寻找答案。

你以为我在这张沙发上干什么？

汉娜，很快会有一个征兆显现。

征兆？什么征兆？恐怖的塞西尔·戴米尔*式《圣经》故事奇观？

---

* 塞西尔·戴米尔（Cecil B. DeMille, 1881—1959），美国电影先驱，擅长拍摄大场面的"史诗片"。他的某些电影颇有道德争议，其中最出名的当属《一个国家的诞生》。

朋友会背弃你。
随他们去。

征兆出现时，你若决定采取行动，就必须接受考验。

敌人会攻击你。不要理会。

然而，最可怕的，恐怕是你将直面那个囚禁你的人。无论他说什么或做什么……（以及，剧透提醒，这个人会是一个"他"）千万不要把目光从他身上移开。

那时，你会变得自由，不仅理解世界是如何崩溃的，还将理解它为何崩溃。

这份考验每分每秒都有可能降临，其永恒的当下是弥赛亚随时可能降临的狭窄入口。换言之，汉娜什卡，你一定要留意！

我不知道你信教。

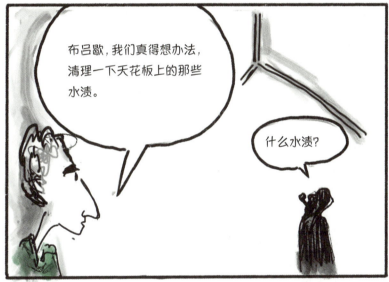

* 玛丽·麦卡锡（Mary McCarthy, 1912—1989），美国女作家，六岁时成了孤儿，由犹太裔外祖母抚养成人。她出了名的有主见，与同为女作家的丽莲·海尔曼（Lillian Hellman）不和，曾调侃："海尔曼写的每一个字都是谎言，包括'and'和'the'。"

我知道你爱他。

但至少,你的英国情人是就事实撒谎。

事实可以被揭露,被证实,然后你就知道了。

如果男人对感情撒谎,谁又能发现呢?

说到这儿,汉娜,我们迟到了。

迟到?什么迟到?

汉娜·施特劳斯的笔迹分析*派对。她刚从纽约新学院的笔迹学高级班结业。大家都会去。就连比利·怀尔德和玛琳也去。

她们在城里拍电影。还有贾雷尔**。

记住,只能带一页匿名笔迹让她分析。

我十五分钟后来找你。

---

* Graphology,也称笔相学,根据笔迹特征进行性格分析的古老科学,信徒包括亚里士多德和瓦尔特·本雅明。

** 兰德尔·贾雷尔(Randall Jarrell,1914—1965),美国诗人、评论家,汉娜·阿伦特的挚友。美国桂冠诗人。

真是难以置信，这种无稽之谈竟然也吸引了您前来，您这样一位理性、聪明绝顶的哲学大咖。

上顶楼！

请称之为研究。

舳舻交错，喧闹正酣。

亲爱的，请到右边排队。

多谢，艾哈迈德*。

---

* 艾哈迈德·艾特根（Ahmet Ertegun, 1923—2006），土耳其裔美国唱片业大亨，他创立的大西洋唱片公司让世人认识了雷·查尔斯和齐柏林飞艇乐队等一众音乐人。

老面孔

贝娄**怎么了？

你听说罗斯科*从西格拉姆大厦撤走他的画了吗？

你听说贝蒂·戴维斯的老公跟他的情人私奔去摩洛哥了吗？

《时代周刊》又去围剿他的上一部小说了。

我听说，他眼下正在写一部喜剧，讲一个非犹太裔加拿大流浪汉摇身变成非洲皇帝的故事。

他的男情人还是女情人？

两个一起。

老话题

* 马克·罗斯科　　（Mark Rothko, 1903—1970），本名马尔库斯·雅科夫列维奇·罗斯科维茨，犹太裔美国画家，曾获得耶鲁大学奖学金，却因认为耶鲁过于精英主义且存在种族歧视而辍学。他的色域绘画勾勒出一种神秘、超凡脱俗的视野，最终促使耶鲁大学在46年后授予他荣誉学位，以示补偿。

** 索尔·贝娄（Saul Bellow, 1915—2005），本名所罗门·贝娄斯，犹太裔美国作家，诺贝尔文学奖得主，他是唯一一位获得过三次美国国家图书小说奖的作家。

嗨，玛琳，我还以为今晚就我一个异类呢。

布吕歇先生！

哦，我只是来做一些人类学调查。

作为上西区黑暗之心的孤独异族女子*。

你能相信吗，汉娜也来做笔迹分析了。头脑坚如磐石的汉娜。

是的。

一个男人被护送穿过人群，他在抽泣。

泰布，冷静冷静，她的分析不一定对，我确定，他爱你……

阿伦特！汉娜·阿伦特！轮到你了。

我看见她了。

她来了吗？

我也是。

犹太流民、新贵和侵略者们让开一条路。

我在这儿。

* Shiksa，指非犹太裔女性。

191

我掏出一页泛了黄的航空邮件，上面是瓦尔特的字迹。

施特劳斯拿起放大镜，凑了过来。

波状基线

笔画紧凑

运笔有力

行距不规则

字母纤细

所以?

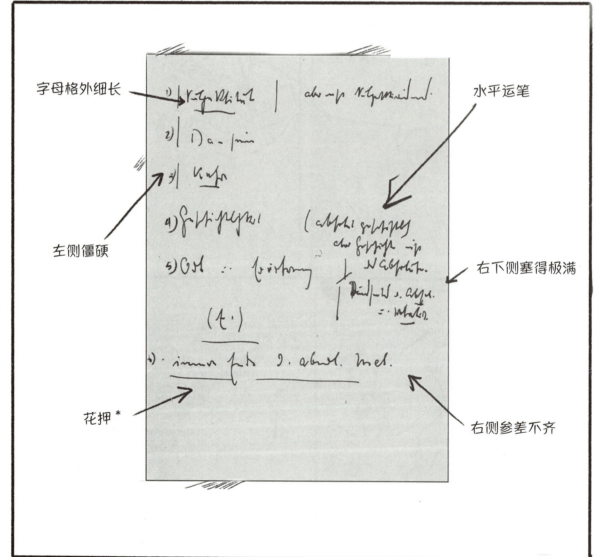

* 下划线

什么意思?

此人对语言和文字着迷。不仅对文字,更是对文字的起源,其背后的东西着迷。正如鹿特丹的伊拉斯谟*,其手迹前后一致,但此人的信念却摇摆不定。

你怎么知道?

只需看看他的"W"。

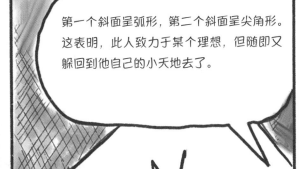

第一个斜面呈弧形,第二个斜面呈尖角形。这表明,此人致力于某个理想,但随即又躲回到他自己的小天地去了。

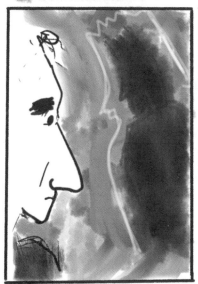

他结婚了吗?

是的,但婚姻对他不重要。

* 鹿特丹的伊拉斯谟(Erasmus of Rotterdam,1466—1536),荷兰思想家、神学家,看透他所处时代的派别
纷争,坚信自由意志、愚人与"via media",即中庸之道,这令他成功惹怒了各家各派。

他仍不肯向我承诺，尽管婚姻对他没有意义。我知道这很荒谬，但神奇的是，这些"解读"突然变得有意义起来。我把海德格尔的清单条叠好，向门口走去。我需要新鲜空气。

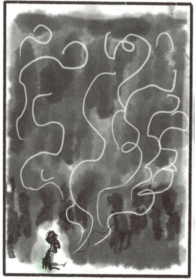

这些人怎么能喘气？

派对这么快就结束了，教授？

那就晚安啦。

别客气，这是我的工作。乐意效劳。

BING BING

滨河大道上的卡迪什 *

我穿过大街，走进黑漆漆的滨河公园。

我在皮夹里翻找香烟。

还没来得及划火柴，一只拿着打火机的发光的手伸到我面前。

我的女神。我的恶魔。

没错，是我。

* Kaddish, 希伯来语, 哀悼逝者的祈祷文。

马丁？你怎么会在这儿？可你看起来跟在马堡时一模一样！

那天，你把圣奥古斯丁精彩地糅合到对阿维森纳的讨论中。

汉娜，不要相信笔迹学那套把戏。

你要相信，我爱你。爱你的肌肤，你的发丝，你的眼眸，你的心灵。

而且，更重要的是，你爱我。

所以，原谅我。

我告诉过你，我向全世界宣告过，我别无选择，我只做过短暂的纳粹，他们把我解雇了。我提拔过犹太人，我还给犹太人写过推荐信。

看看你们这些犹太人如何对我趋之若鹜。

原谅我！

人？

你张口闭口都是"人"。马丁，栖息在这个地球上的，不是大写的人，而是个体的人。男人、女人和孩子。

你这是在放弃。这是惰性。

也许吧。

* 意第绪语谚语, 意为: 没有答案也是一种答案。

也许是吧。

别跟我来这套。汉娜，你天生是个哲学家。

你失去了宝贵的头脑。没有哲学，我会死。你也会死。

你为何要囚禁我？

我没有。是你自己囚禁你自己。

完全自愿，我记得。

我宣布放弃哲学。

你做不到。无论你做什么……

无论你说什么……

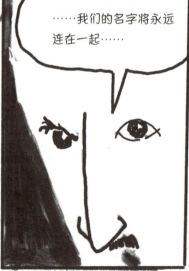

……我们的名字将永远连在一起……

……直到时间的尽头。

一个犹太女人与纳粹的故事。

既然如此，马丁，我满足你的愿望。

我原谅你。

你瞧？没那么难。

先别急。

我将公开原谅你。

我会为你找最有权势的犹太出版商。

我会为你找最有人脉的犹太经纪人。

我会为你介绍最精明的犹太律师。

我甚至会为你搭上纽约上东区的牙医。

但是……

……私下里，在只属于你我的私人领域，我一点也不在乎你。

我漠视你。

为什么?

因为你是个懦夫。

你决定不行动。

我要驱逐你。

全世界都可以拥有你。

但我打赌，他们不想要你。

所以，你要放弃**真理**? 变得油腔滑调?

你还不明白吗? 没有真理，只有真相。

呵！

你张口闭口都是这个世界。但你比这个世界优秀，这你是知道的。这个世界下贱、恶心、愚蠢、浮华、嘈杂，尽是摇滚乐、凯迪拉克和彩色电影。汉娜，亲爱的，恕我直言，你是一个清高的人，一个自命不凡的人。你同我一样。

我不相信你这套鬼话。

我也不清楚自己信不信。

但我知道，如果我敞开大门，生活会变成一场永不落幕的真正自由的马戏表演。

听起来像活生生的地狱。你以为你聪明。世界当然会拥有我。世界将永远拥有我，直到时间的尽头。

没有时间的尽头，只有持续的当下。

YISGADAHL
YIS PORACH
YISADACH

YISNASEI

VITBARAH
VYSHTA BASH

VYITPAAR
VYITROMAN

VYITNASEI

SHMAY
D' KODOSHOH

愿上帝之名在其世界里受尊崇。愿其威严在我们有生之年很快得以彰显。愿上帝之名被祝颂，直到永远。

祝福、荣耀、崇高、

赞美、尊崇归于那圣者之名。

阿门。

第206页各框中的大写文字是卡迪什的希伯来语音译，第207页这段话原文是卡迪什的英文翻译。卡迪什是犹太人为纪念已故亲人而诵读的祈祷文。有人认为诵读卡迪什能够增加死者的功德。作者在此处引用卡迪什，也许是想表达阿伦特此刻亲手埋葬了海德格尔，是内心在跟他告别；也可能是一种讽刺，让"纳粹"海德格尔听犹太人的卡迪什。阿伦特本人并不信犹太教，所以在真实世界里她应该不会这样做，这是作者的想象性演绎。译注。

思想无藩篱

耶路撒冷及其他

太空时代的思想家

1958 年底，我最大胆的一本书问世了。

从书名起，它就宣告了对哲学行业的蔑视。

人的境况

汉娜·阿伦特著

与其讨论人性或自然权利，我选择谈论我们眼前的人类之困境，生活在宇宙间我们所知唯一能够维持生命的星球——地球——上的人类。

总算解释了

"为什么"。

艺术家、音乐家、政治活动家们的赞誉纷至沓来。

W.H. 奥登

汉娜，亲爱的，这本书仿佛是专为我写的。

谢谢你。它给出了答案。毫无疑问。

我想让你知道，若男神布吕歇哪天不幸离世——我知道他不会，毕竟他是男神，但假如有一天他真的不在了，你能嫁给我吗？尽管，怎么说呢，我对女人没多大兴趣。

世人仍不理解深渊，不理解恐怖为何发生。当私人情感进入公共空间时，恐怖就会发生。我发誓，要将我的理解分享给全世界。

政治问题过于严肃，不能留给政客去解答。

我上了德国电视，接受了联邦德国最有威望的记者 * 长达一个小时的专访。

阿伦特夫人，您是否认为，您在哲学圈里的地位之所以特殊，是因为您是一位女性？

我恐怕要抗议。我不属于哲学家圈子。

如果一定要定义的话，我的职业是政治理论家。

我有一种强烈的感觉，海德格尔和埃尔福丽德也在看我的访谈。

蠢猪！

犹太佬！

事实上，如果可以的话，对我的职业最恰当的描述，应该是，致命的真相披露者。

不存在危险的思想，思考本身才危险。

* 君特·高斯（Günter Gaus, 1929—2004），战后德国记者、政治家，他是希特勒政权废墟上崛起的具有进步意识和政治觉悟的新德国的关键塑造者。

为了生存下去，无论在思想上，还是行动上，我都在公共领域与私人空间之间筑起了一道坚固的壁垒。

我筑起这道壁垒的原因，显而易见。

ARBEIT MACHT FREI

"劳动带来自由"：奥斯维辛集中营大门上方的标语。

然而，仅挖掘"为什么"是不够的。我认为有必要指明前进的方向。消除谬误只是开始。于是，为了找到答案，我向旧友圣奥古斯丁求助。

我们知道，世上有许许
多多的真理，来自形形
色色的人。

说明真正的奇迹、真正的意义，
不是来自死亡，而是来自新生。
来自"新"。新男性。新女性。
新思想。

我称之为"**启新性**"（natality）。

我称之为"**多元性**"（plurality）。

这说明什么？

正是。我常说，"initium
ut esset homo
creatus est" * !

我喜欢。但你又如何解释，这
个世界是由许许多多独一无二、
独立自主的男性个体、女性个
体和儿童个体组成的呢？

我喜欢。
能借根烟吗？

IPSO FACTO

IPSO FACTO，依据事实。

* "人被创造出来，只为了有开端"。

213

极权主义旨在扼杀的，正是这股力量，启新性与多元性之真相。所以他们声称自己掌握了真理。然而，世上没有一个单一、全知的真理……

只有每时每刻在公众中上演的千百万个真相。这才是自由本来的面目。是不是像一团乱麻？没错。但试想一下另一种可能。

公民一号?

公民一号
多元新世界

认识到这一点后，我别无选择，只能毅然投身到这团乱麻中，奉我自己为无畏的多元新世界的公民一号。

新事物的出现永远与统计概率及其压倒性背道而驰，所以，新事物总是以奇迹的姿态出现。

嗯哼。

我不再思考（thinking），因为思考以想出答案为前提；我更愿意称我的做法为"思索"（thinking through），因为思索引发更多问题。

可以说，这与另一位"思索者"的做法不谋而合，他在距离我的公寓148个街区的闹市里从事着他的手艺。
在那里，约翰·柯川*邀请全世界，见证了一场思与行的狂野之旅。

* 约翰·柯川（John Coltrane, 1926—1967），美国爵士乐萨克斯大师，开创了爵士乐根据调式进行长时间即兴演奏的先河，激发了音乐的自由与灵性，并将东方色彩融入西方音乐。

我带着我的非教条"思索学说"上路了。

阿伦特夫人，所以您的意思是，我们所能做的，就只有边做边想？

美国哲学学会

是的，人人如此。仅此而已。我恐怕没有秘诀给你们。不过，好的一面是，假如我们能确保平等地接纳每一个人，那么，这团庞杂、持续、糟心的乱麻就不会冒出下一个希特勒或斯大林。

我对哲学的每一次公然否认……

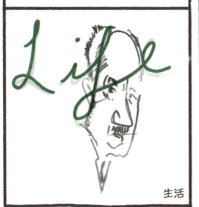

生活

对以死亡为中心的至高无上之意义的每一次否定……

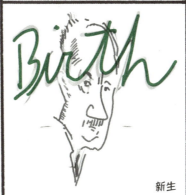

新生

都是在海德格尔身上捅下更深的一刀。私下里，我享受其中*。

真相

*　这本身并非报复，但私下里，我必须承认，这种感觉真好。难怪除了"gesundheit"（意为保重，有人打喷嚏时，旁人习惯说的俗语），美国人沿用的唯一一个艰深晦涩的德语词是"schadenfreude"，幸灾乐祸。

一个大雾弥漫的清晨，在世界的某一个偏僻角落，发生了一件事。

历史又冒出一次"机会"。

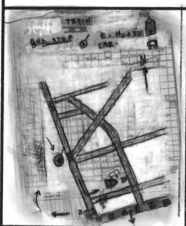

年轻的以色列国抓住一个谨慎男人的一次失误，扑了上去。

他们用药物、伪装、假车牌和假护照，劫走了一个臭名昭著的纳粹分子。

我的名字……阿道夫·艾希曼。

不求宽恕，不求许可，不求任何东西。他们给艾希曼下了药，把他伪装成以色列航空公司的乘务员，将他偷偷铐在了座椅上。一个真的应遭唾弃的国度。

真是岂有此理！岂有此理！

跟地球上所有人一样，我紧盯着新闻。

我需要直视他的双眼。

* 上图中的英文标题意为："希特勒大屠杀凶手被捕　落入以色列特工圈套"。译注。

奥斯维辛灭绝营仅解放了16年，世人就已对恐怖麻木不仁，将犹太人大屠杀抛诸脑后。取而代之的，是繁华盛景、廉价煤气、呼啦圈和航天发射。但是我另有想法。

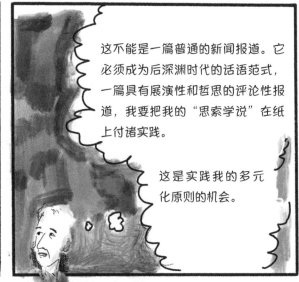

这不能是一篇普通的新闻报道。它必须成为后深渊时代的话语范式，一篇具有展演性和哲思的评论性报道，我要把我的"思索学说"在纸上付诸实践。

这是实践我的多元化原则的机会。

在法庭上，我无法把目光从玻璃隔间里的那个男人身上挪开。他的言如同他的行，盲目、苍白、官僚。证人与受害者进进出出，而我却对艾希曼在描述自己暴行时所使用的变态语言着了魔。他仿佛一个塞满稻草的傀儡。为了言说不可言说之恐怖，我认为，我有责任把一切情感与煽情从我的报道中删除。为了抨击不可想象之行径，并设法去理解它，我开始诉诸讽刺、反讽、以退为进、戏仿，以及从柏林旧友布莱希特那里学到的其他各种"间离"手法。

布吕欧，我有我的考虑。我。你不会为一场可怕的车祸而穷穷不舍，你会接受这场劫难，然后冷静地工作，直到你倾尽全力防止它再次发生。如果我不告诉全世界我的所见，我的所感，那么，当下一个艾希曼、下一场浩劫出现时，你会指责我。

快点。

无论我如何努力，都无法将玻璃隔间里的那个人视为恶魔。我看到的，只是一个乏味无趣的普通人，他像一个野心勃勃的吸尘器推销员，空洞地、滔滔不绝地兜售着商品。他如此平庸，以至他犯下的罪行比弗兰肯斯坦幻想还骇人。

如果把艾希曼刻画成一个恶魔，我们就在某种程度上赦免了他的罪，同时也赦免了我们所有人潜在的罪，即，没有把事情思索到底的罪。

最可悲的是，世上大多数的罪恶，都是由那些从未想过要做善人还是恶人的人干的。

Normal IL
52,500

当大街小巷都是我的《艾希曼在耶路撒冷：一份关于平庸的恶的报告》时，麻烦来了*。

报亭

* 公共领域里不可避免的思想冲突。

我很快意识到，自己犯下了人类历史上最严重的"操之过急罪"。整个犹太世界，特别是我的众多好友，把我疯狂地钉在了耻辱柱上。

你被骗了！

你竟敢指责受害者？

平庸？

你以为你是谁？

你知道的，无论你说什么，他们都不会放过你。

在我的尊严和我的编辑允许的范围内，我尽我所能为我的立场辩护。

没错，恐怖无以言表。

你若宁愿选择安逸的顺从，而不是痛苦的思索，讨论则大可不必继续。

平庸不代表"无意义"，而是代表"思想匮乏"。这才是这桩审判所告诉我们的。

没错，作为一名犹太人，我看到了犹太领袖在自己民族面临毁灭的过程中所发挥的作用。大屠杀无疑是整个黑暗历史中的至暗时刻。

以色列的判决是正确的，艾希曼必须死。他否定多元性，他想活在一个没有犹太人的世界里，所以犹太人有理由，不与他共享这个星球。

尽管如此，反对者仍对我口诛笔伐。更糟糕的是，朋友们背弃我。

他退出了。

别理她。

他会回复您的。

谁是汉娜？

不。

你有什么要说的？

地址不详。

叛徒！

取消了。

不好意思。

就连本雅明的挚友，格舒姆·肖勒姆，也与我断绝了关系，尽管他在巴黎时还称我是海德格尔最优秀的学生，并称赞我是"一位出色的女性、非凡的犹太复国主义者"。

你的语气和你对审判的态度，说明你对犹太人民没有一点爱。

保重。

格舒姆，爱是私人的。我无法爱一个民族，我只能爱我的家人和朋友。当我们把这种激情带入公共领域时，我们只会催生出更多的艾希曼。

尽管如此，这篇文章发表后，我别无选择，只能继续目不转睛地盯着现实，努力使我的私人领域与公共生活保持健全且相互独立。一旦有人试图为我贴标签，我就向他们发出奇袭。于是，女权主义者爱我，也恨我。自由主义者为我喝彩，也诋毁我。我支持以色列人、阿拉伯人和其他任何个体。当我宣称人权的合理性止于特雷布林卡灭绝营的大门时，我也坚决拥护人人拥有权利的权利。当人类登上月球时，我质疑：如果我们松开与地球的纽带，失去定义我们人类的前提，人性将何去何从。女孩的裙子越来越短，男孩的头发越来越长，音乐的声音越来越吵，政客的虚伪却一如既往。时间毫不犹豫地流逝，正如我多年前早就意识到的，这是它的习惯。每失去一个挚爱的朋友，就多一道永不愈合的伤口。格劳乔·马克斯*的一句话倒是给了我冰冷的慰藉：
"我不想加入任何想让我成为成员的俱乐部。"

---

* 　格劳乔·马克斯（Julius Henry "Groucho" Marx, 1890—1977），贴着假胡须和假眉毛、叼着大雪茄的犹太裔美国喜剧演员。

* （上图顶部三行大写英文词分别意为："哈里斯""《制片人》""爆笑全场"。译注。）电影《制片人》（1967 年），由梅尔·布鲁克斯编导并制片。梅尔·布鲁克斯（Mel Brooks, 1926—），本名梅尔文·卡明斯基，犹太裔美国作家、导演、作曲家、演员，一个有趣的人。二战期间，曾随美军与纳粹作战。

你有不自杀的勇气。

但这很痛，布吕歇，很痛。

分娩也痛。

与其跟在海德格尔身后踯躅不前，孤芳自赏地认为生命不过是走向死亡的徭役……

你让他和所有人明白，生命是一条启新的漫长溪流。

思想、行动、人、男人、女人、未知、独一无二、自发性，如此众多，甚至连行动者本人都不一定理解其行动的意义。这一切，均与故事有关，我们相互讲述着他或她的故事。

因为，正如你常说的，讲故事能揭示意义，同时不会犯下定义的错误。

不仅如此，你还让他们看到了宽恕的意义，不是宽恕然后遗忘，而是宽恕并铭记。因为宽恕丢给历史一个措手不及。正如你常说的，这才是扭转不可逆转的历史潮流的唯一途径。

这是我们人类对抗命运的王牌。

回到原点

所以，我猜你的意思是，我把一切搞得一团糟。

你没有。你只是有幸注意到了它。

三个星期后，布吕歇去世了。我一刻也没有停歇，更加全力以赴。

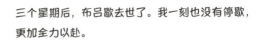

HEINRICH BLUCHER
BORN BERLIN GERMANY
JAN 29, 1899
DIED N Y, NY
OCT 31, 1970

汉娜，作为你的医生，我看你巴黎、伦敦、苏格兰、法兰克福、特拉维夫、芝加哥满世界跑，烟也不离手。你能不能放弃一样？

一天两包烟我应该也能活。

1975 年是分外忙碌的一年，12 月 5 日这天晚上，我的挚友兼导师萨罗·巴伦和他的太太请我去他们家里吃晚饭、聊天。

在咖啡和甜点的间隙，我躺在一张安乐椅上放松自己。

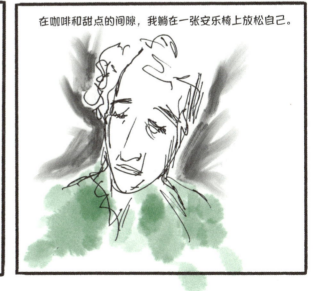

尾　声

汉娜去世的第二天清晨，人们在她的打字机上发现了《论判断力》的第一行字，这是她向哲学的回归。

玛丽·麦卡锡收集、编辑并出版了汉娜的最后遗稿，取名为《精神生活》。

这两卷书构成了多元公共世界的思索指南。

汉娜在冥冥之中告诉我们，尽管启新和多元的生活绝非易事，但如果我们不想有下一个奥斯维辛、古拉格、石墙、波尔布特、阿蒂卡或极端恐怖组织的出现，我们作为一个物种，别无选择，只能去拥抱并接纳它。

换言之，世上没有唯一真理，没有指引我们走向理解的灵丹妙药。世上只有绚烂的无数团乱麻。人类真正自由的无数团乱麻。

阅读参考

除了生活中的点点滴滴，汉娜·阿伦特还活在语言里。无论是她写下的文字，还是关于她的文字，都是一个无限扩张的小宇宙。尽管她的代表作《极权主义的起源》非常具有权威性，但是作为阿伦特的入门读物，这本书恐怕过于艰深晦涩。所以我建议将她本人的著作与关于她的批判性解读互补阅读，二者兼顾。

阿伦特以边缘人、讽刺家自傲，既不受教条束缚，也不怕争议敲门。这就意味着，当我们读其他人，特别是那些很有头脑的人写的关于阿伦特的文章时，我们往往从中对这些作者而非阿伦特了解更多。于是，我们时而转向阿伦特，时而回到批评家那里，如此反复。

阿伦特的生活与写作生机勃勃、与时俱进、令人着迷，在互联网上能找到大量关于她的资料，其中不乏优秀、激情四射的影像资料。比如 20 世纪 60 年代她在纽约歌德学院用德语讲述挚友瓦尔特·本雅明的珍贵影片，2014 年芝加哥人文艺术节上对她的《我们这些难民》的精彩朗诵，让·吕克·戈达尔（没错，就是那个法国导演）的怪诞但引人入胜的舞台朗读影像资料，巴德学院汉娜·阿伦特中心的 Amor Mundi 通讯，再到各种播客，阿伦特在网络空间这个迅速变形的伪公共空间里，依旧生机勃勃。

好了，不再赘言。以下是本书的主要文献来源，按对我的重要程度排序。

首先是伊丽莎白·扬-布鲁尔的《爱这个世界：汉娜·阿伦特传》。作者是阿伦特的弟子、同事，该书在阿伦特逝世七年后出版，被视为阿伦特的经典传记。但很快，读者会心生异议。其次有安妮·C. 海勒的《汉娜·阿伦特：活在黑暗时代》，该书将阿伦特描绘成海德格尔的受害者，上了这个恶魔的当，其中不乏噱头，曾令守旧的传统哲学系教授们大为震惊。玛丽·路易丝·诺特的德语传记《学会摒弃：汉娜·阿伦特的思想路径》与前者构成有趣的对比，抑或对立。该书以一种诗意、神秘的方式表达了讲故事对于阿伦特的首

要性：讲故事，或更准确地说，他 / 她人讲述的关于我们的故事，是我们人类唯一的作为。令人着迷。

然后是深入阿伦特的作品本身，这是美妙的，况且它们通常附有精辟的导言。比如《过去与未来之间》，一本由杰罗姆·孔作序的文集，它告诉我们，阿伦特对现象学和真相的执着如何指引她理解生命的意义。当阿伦特探讨时间、真理和爱的时候，她的文章一篇比一篇精彩。当然还有被许多人视为其哲学代表作的《人的境况》，她曾考虑将此书献给海德格尔，但最终作罢。在该书中，阿伦特的三元思维开花结果，她向我们展示了事情为何发生、我们的处世之道和我们如何知道自己的处世之道，并且，她还告诉我们，要实现自由，就必须将公共领域与私人领域分离。至于《艾希曼在耶路撒冷：一份关于平庸的恶的报告》，无论你赞不赞同阿伦特的最后结论，该书无疑堪称政治新闻书写的力作，乃社会知识分子之檄文，展示出阿伦特的"操之过急"及其猛烈、迷误的光辉。

近年来，黛博拉·纳尔逊的《咄咄逼人》为诠释阿伦特增添了精彩浓重的一笔，该书描写了过去一百多年来的六位桀骜冷峻的女性思想家，阿伦特与麦卡锡都被视为当中的关键人物。

若想挖掘德国魏玛共和国时期的思潮，特别是涉及启示、宗教、救赎和最后一代失落知识分子的话题，苏珊·巴克-莫尔斯的《看的辩证法：瓦尔特·本雅明和他的拱廊街计划》，以及埃里克·雅各布森的《世俗形而上学：瓦尔特·本雅明与格舒姆·肖勒姆的政治神学》，可以作为入门读物（我自然清楚这些书名听起来艰深晦涩，但是，阅读本雅明，很难做到轻松）。这把我们引向了肖勒姆编译的《光明篇：喀巴拉神秘主义读本》。此外，阿伦特的英美朋友们也值得一读，比如兰德尔·贾雷尔的《诗歌与时代》，W.H. 奥登的所有作品，它们均融合了阿伦特对诗意叙事的非理性和超理性力量的热爱。接下来，让我们回到哲学纷争。

列奥·施特劳斯和约瑟夫·克罗普西编著的《政治哲学史》很有意思，它对阿伦特只字未提。恩斯特·布赖萨赫 20 世纪 60 年代早期出版的综述《现代存在主义导论》亦如此，在书中似乎人人都可以借用阿伦特的观点，只要他们是男人。至于阿伦特与海德格尔的关系，以下几本书以此为主题：《陌路人：汉娜·阿伦特、马丁·海德格尔、友谊与宽恕》、安东尼娅·格鲁嫩贝格的《阿伦特与海德格尔：爱与思的故事》；阿兰·巴迪欧和芭芭拉·卡桑合著的《海德格尔：人生与哲学》是在缜密的哲学语境下研究二人的师徒关系，该书虽篇幅短小，但相当震撼。

以上只是入门读物。我甚至还未谈及阿伦特的文学写作及评论，她的传记作品，比如她为"已经去世一百多年的亲密朋友"拉赫尔·范哈根立的传，还有她留下的大宗精彩书信，包括她与麦卡锡、布吕歇和她的另一位导师、德国存在主义哲学家卡尔·雅斯贝尔斯的往来通信，更别提她的政治著作、评论性报道等其他写作了。她有一颗与世界抗争的灵魂，感谢她拥有的激情和愤世嫉俗（当然还有她的文笔），这颗灵魂依旧在战斗。

致 谢

Hannah
1925

　　一路上，我得到了无数人的支持，有人给予我灵感、建议和智慧，有人为我提供膳宿和解答。大家以各自不同的方式为本书营造了一个美好的家园，对此我十分感激。遗憾的是，我的篇幅有限。首先，我要感谢我的妻子阿历克斯·辛克莱尔（Alex Sinclair），她是本书的第一个读者，也是最严厉的读者，当我在创作过程中消失于平行世界（和我的工作室里）时，她始终予以包容。以下排名不分先后：感谢我的经纪人 Jennifer Lyons；编辑 Nancy Miller，艺术总监 Patti Ratchford、Laura Phillips 和 Bloomsbury 出版社的全体团队；感谢 Michael Garcia 宝贵的热诚、关照和帮助，没有你，我绝不可能完成这项工作；感谢 Art Shay、Richard Shay、Jerome Kohn、Sam Gross、Isabel Gross、Roger Berkowitz、Melvin Bukiet、Aron Packer、Lisa Zschunke、Gary Galindo-Guzman、Kathy Roeder、Stanleigh Morris、Lori Rotenberk、Robert Sabat、Roz Chast、Michael Maslin、Bob Eckstein、Pat Byrnes、Robert Mankoff、Jim Horowitz、Michael Tisserand、Jeremy Banx、Jay Boninsinga、Lorna Sinclair、Diana Ventura、David Ventura；感谢我的母亲 Joan，我的儿女 Noah、Milo 和 Ruby；感谢 Joel Freiberger、Nathan Tarcov、Bill Martin、Don Smith、Morris Parslow、Don Schultz；最后，我还要特别感谢汉娜·阿伦特本人。

我思，我读，我在
Cogito, Lego, Sum